四分室のある心臓

The Four-Chambered Heart

Anaïs Nin

アナイス・ニン 著

山本豊子 訳

鳥影社

THE FOUR-CHAMBERED HEART
By Anaïs Nin (the Author)

四分室のある心臓　目次

四分室のある心臓

クレメント・スタッフに捧げる

第一部

ギターは音を蒸留して際立つ調べを滲み出した。

ランゴは、彼の温かみのある銅色の皮膚、黒炭色の瞳、下ばえのように濃い眉毛でギターを弾いた。タイム、ローズマリー、オレガノ、マジョラムやセージらの芳しい香り、彼のジプシー生活の路上の匂いを蜂蜜色をしたギターの共鳴箱に注ぎ込みながら。ジプシーの荷馬車のなかに差し渡したハンモックの肉感的揺れと、黒い馬の毛で織り紡いだ敷物から生まれ出た色々な夢をも注ぎ込みながら。

ランゴはナイトクラブのアイドル。そこでは男も女もドアというドア、窓という窓を閉めて、煙草に火をつけ酒を飲み、彼のジプシー生活がもたらす霊薬《れいやく》と薬草や自由の身を祝うお祭り騒ぎや、安逸と怠惰の麻薬を呈する彼の歌声とギターの音に酔いしれた。

夜明けになると、弦楽器からの輸血ぐらいでは生命力には物足りず、男も女も彼らの血管にしっかり流れ込んだランゴの声の生気によって満ち足りたのだった。夜明けになると、女たちは特にランゴの身体に触れたがった。だが、ランゴは夜明けに彼のギターを肩に振りかけさっと行ってしまった。

明日もここに来てくれる、ランゴ？

明日はフランス南方への路上に繰り出して黒い馬が哲学的に振り続ける尾に向かって、彼はギターを弾き歌っているかもしれない。

移動し回るランゴに対して、ジューナは彼の音楽が含んでいるすべてを捉えたいという気になった。そして、彼女がずっと追い求めている喜びの島、この到達できない存在を彼女は感知していた。少女の頃、自分の部屋の窓から見ていた決してお誘いのかからない、お隣のパーティーで、彼女がちらっと見たことのある、この喜びの島。さらに、砂漠で迷った旅人のように、彼女は至福から成るこの音楽の蜃気楼に、今まで一度も知りえなかった幸せ、自由という喜びにますます熱心に傾倒していった。

「ランゴ、私のダンスに合わせて、もう一度演奏をしてくださらない？」彼女はやさしくも熱烈に頼んだ。それに応えるためランゴは足どりを止めて彼女に一礼をして頷いた。創り出された振る舞いの気高さと様式化に何世紀も懸けた会釈、一度たりとも束縛など受けてこなかった尊い位の人の身のこなしを示す会釈なのだ。

第一部

「いつでもあなたがお望みになるときに」

二人は日時を決めたりして、彼女が住所を彼に手渡すと、二人は本能的に川の方へと歩き出していた。

目の前を歩く彼らの影が二人のコントラストを際立たせていた。彼の身体は彼女の二倍の広さを占めていた。彼女は矢のように逸れることなく真っすぐ歩いたのに対して、彼はのんびりとした歩みだった。彼女の煙草に火をつける間、彼の指は小刻みに揺れたのに、彼女の指先は安定していた。

「ぼくは酔ったりなんかしていないんだけどね」と彼は笑いながら言った。「ただ、ほとんどいつも、酔っぱらっているものだからぼくの両手はぐらぐらするんだ、ずっとね」

「あなたの荷馬車と馬はどこなの、ランゴ？」

「ぼくは荷馬車も馬も持ってやしないよ。そんな昔からでもないけどね。ゾラが病気になってからというものさ、何年か前からだ」

「ゾラって？」

「ぼくの妻だよ」

「あなたの奥さんもジプシーなの？」

「カミさんもぼくもジプシーじゃない。ぼくはグアテマラの一番高い山の頂上で生まれたんだ。がっかりした？　ナイトクラブで働いて生活費を稼ぎ続けるためには、あの伝説が必要だった。それはぼくを守ってもくれたんだ。ぼくの今の暮らしを恥だと思う家族がグアテマラにいる。ぼくは十七歳のときに家出をした。ぼくは牧場育ちなんだ。今でも友達が言うんだよ、『ランゴ、君の馬はどこ？　君っていつも、門のところに馬を置いてきたままみたいに見えるよ』　ぼくは南フランスでジプシーたちと一緒に生活していたんだ。彼らがギターを教えてくれた。彼らの生活のありのままをぼくに教えてくれた。男たちは働かない、ギターを弾いて歌う。女たちはたっぷりしたスカートのなかに盗んだ食べ物を隠して男たちに食べさせる。ゾラはこのやり方を身につけられなかった！　彼女はひどい病気になってね。ぼくはふらつきまわるのを止めなきゃならなかった。さあ家に着いたよ。なかに入りたい？」

ジューナはその灰色をした石の家を見た。

彼女は路上を行くランゴというイメージを自分の目から未だ拭えないでいた。対照的な違いは痛々しく、彼女は後ずさりした。馬も無い、自由も無いランゴに、彼女は急に怖気づいてしまった。

その家の窓はみな細長く、牢屋の柵のように見えた。彼がどんなふうに捕らえられ、飼いならされ檻にいれられたのか、どんな事情で誰によってなのか、彼女は確かめてみることに、まだ耐えられなかった。

　彼の大きな手、囚われの身の大きな手と彼女は握手した。そして速やかに彼から去って行ったので彼は唖然としていた。彼は当惑し動揺しながら立ちつくして、もう一本の煙草に火をつけた。彼女を飛んで帰らせてしまうほど、自分がいったい何をしてしまったというのだろうかと思いながら。

　彼女は喜びの島という光景をたった今失ってしまったことを彼は知らないでいた。彼の奏でるギターが呼び出した喜びの島というイメージは消滅した。自由という蜃気楼に向かって歩いていくなか、彼女は暗い森に入っていった。「ゾラは大病なんだ」と彼が言ったときの憂鬱そうな彼の眼から窺える暗い森だった。「今のぼくの生活をぼくの家族は恥入るだろう」という深い悔恨のことばと共に頭を垂れたときの、彼の乱れた髪の毛から成る暗い森だった。彼の大きくて力強い身体にとっては、味気無さすぎて、むさくるしく狭苦しすぎる家のなかに、まさに入ろうとして立っている際の彼のうろたえた様子が醸し出す暗い森だった。

二人の初めてのキスはセーヌ河に目撃されていたのだ。きらきらと揺らぐ川面の波間に街燈の影を映したゴンドラを滑らせていく、路の黒光りした玉石に滴る茂みのままに咲き輝く輪光を繋げていく、川の眼が挑発するも秘めやかにして艶めかしく開いた扇のはためく縁に垂《しだ》る枝木を連れていく、霧に塗《まみ》れ湿ったスカーフと焼き栗の芳ばしい香気をも運んでいきながら。

何もかもが川のなかへ落ちていき流れ流れていった、ただ二人が立ちつくす川面に張り出したバルコニーだけを残して。

二人のキスは手回しオルガンから流れる曲を伴奏にカルメンの楽譜の終わりまで続いた。そして二人がキスをやめたときには、もはや手遅れだった。二人は恋の霊薬を一滴残らず飲みほしてしまっていたからだ。

恋人たちによって飲まれる霊薬は他でもない、彼ら二人自らによって調達されるのだ。その霊薬は人の存在すべての総体なのである。

第一部

過去という時間のなかで語られたことばは一語残らず、人の自己のなかにその形体と色調を積み重ねてきた。血管を通る血液に加えて、今までの行動の一つ一つを蒸留した動機や、あらゆる予見や夢想や体験の沈殿物も流れている。過ぎた日々のすべての感情は皮膚を色染めし、唇に香味を添え、脈搏を整えて両眼のなかに水晶の光明を生み出すために、一点に集結する。

ひとりの人間がもうひとりの人間に発揮する魅力というのは、今、出会ったそのときの個性の魅力が放たれたというのではなく、その人柄すべての過去から今までの累積が恋慕と愛着をとらえる、この強力な麻薬を発散する故である。

過去にしっかり根ざした痕跡が無いような、人を魅了する力などありはしない。剝き出しのただの土に生えるような、人を魅了する力などありはしない。ぞんざいな行き当たりばったりの美点から出るような、人を魅了する力などありはしない。人を魅了する力とは、最たる哀しみと、惜しまぬ成長と、弛まぬ奮闘との総体に限られるのだから。

でも、恋、大いなる麻薬は、自己という自己が全部競うように咲き出して満開になった温室のなかのこと……

恋、大いなる麻薬は、錬金術師のガラス瓶の中にどうにも起源を辿れなかった実体を遂

に目の前に差し出してくる暴露者だ
恋、大いなる麻薬は、秘められた自己という自己を白日のもとにさらす煽動者だ
恋、大いなる麻薬は、千里眼をともなった指先で裏打ちされている
先駆的なレントゲン検査を受ける肺のなかへ玉虫色の光沢を注入する
目精《まなこ》の内側には新しい地図をあれこれ染め付け
翼を携えたことばのいろいろは美しさを引き立て
両耳にはビロードの消音器を当てがい
そしてまもなく、あのバルコニーの影は川へと傾く、そうすればあの恋人たちのキスは
永続という聖なる水流の直中で洗礼を受けることができるかもしれないのだから。

翌朝、ジューナは、ランゴと二人で住むようになるかもしれないハウスボートが借りられないか、漁師や船頭たちに聞いてまわりながらセーヌ河沿いを歩いていた。
彼女は手すりのそばに立って、今度は身を乗り出して何隻かの船に興味を抱いて見てい

たら、ひとりの警察官が彼女を見張るようにじっと見ていたのに気がついた。

（彼はわたしが自殺するとでも思っているのだろうか？　わたしが自殺するような人に見えるかしら？　彼の目はなんて節穴なのだろう！　わたしは死にたいなんて全く思ってないわ、新しい人生を生きようと始めたまさにこの日に！）

真っ赤なハウスボート、ナネット号の船主に話をするために彼女が階段を小走りに降りていったときも、警察官は注意深い目つきで彼女を追っていた。ナネット号には小窓がいくつもついていて、アパートの管理人室によく掛けてあるビーズのカーテンで縁取られていた。

（あの一隻の船窓《せんそう》にどうして家で使うカーテンと同じ縁取りをもってくるのかしら？　そういうカーテンは川のためには使われるべきではないし、ああいう人たちは航海をしようというのではない。彼らは慣れ親しんだものを好んで、陸地に足をつけた生活を好む。一方、ランゴとわたしは家々やあちこちのカフェから、行き交う通りから、いろいろな人々から逃げ出したい。二人が見つけたいのは、島ひとつ、小さな隠れ家、二人が平穏に夢みることができる場所なのだ。死にたいなんてこれっぽっちも思わない、まさに今、わたしが川へ飛びこむかもしれないなんて警察官はどうして心配するのかしら？　あるいは、昨日の夜十時過ぎに父の家から忍び足で出てきたわたしを叱るために、警官はあそこに立っているのだろうか。外へ出る音がしないように表玄関の扉を少し開けておいて、最大限の用心をして出てきたわたしを。どきどきして父の家を振り切って出てきたわたしを。父は今や白髪となり、愛せねばいられない人たちの気持ちを理解しない人だから、父はすべてを失ってしまっていた。だから愛そのものを持たず、愛をもてあそんだ報いを受けていた。つまり、人が愛することをゲームのように興じたならば、その人は何もかも失うということだ。父は家も妻も失った今ごろになって、娘のわたしにしがみついてくる、喪失が怖くて、孤独が恐ろしくて。)

その朝五時半にジューナは目を覚ましていた、ランゴの腕から彼女の身体をそうっと離した。そして六時半には、病んで看護を求める父は彼女の部屋のドアをノックしていた。

(アリ・ババは恋人たちの味方だ! 恋人たちに山賊からの縁起物を分け与えるも罪悪感は与えない。恋はある特定の人たちを満たし、あらゆるおきてを超えてその人たちの心を膨らませるからだ。後悔や躊躇や臆病に割く時間も場所もないから、恋は自由に向こう見ずに進むのだ。そしてすべてのゆるやかなごまかしは、恋人以外の人たちが飛び火でやけどをしてしまうことから守るという過失を犯した。この恋の展開の犠牲者かもしれない恋人以外の人たちに、やさしく陽気でいてもらおう、恋人たちのやわらかなごまかしのいろいろに対して。ロビン・フッドや他の子どもたちのゲームのように、やさしく陽気にしてもらおう。月の女神、アナヒタがしかるべきときに審判を下し、罰を割り当てるでしょうから、ね、お巡りさん。そういうわけだから、女神の裁きを待ちましょう。だって父のことをあなた様にお話してもお分かりいただけないに決まっていますもの。わたしの父は愉快なほど、はっきりした人だけど利己的なことといったら、やさしそうにみえて、でも嘘つきで、きちんとしているけれど融通が利かないなんてお話したところで。彼のまわりに集まった恋人たちをみんな疲れさせてしまう人なんです。ランゴの燃えるような熱い手のなかでわたし自身を温めるために夜、父のいる家を出ていかなかったら、味気ない貧相で何にもならない、あれこれ家の用事に振り回されて死んでしまいそうなんです。父が自分の昔話をひとりで喋り続ける傍らで、わたしはあくびを繰り返すばかり……それは家族写真のアルバムや切手収集帖を眺めているようなもの！　お巡りさん、お願いですから、わたしのことを分かってください。わたしの人生が本当にこういうことしかないのなら、セーヌ河に飛び込んでしまう危険性は実に大有りです。そうしたら、お巡りさん、あなたはわたしを救助するために冷たい思いをしなければなりませんわ。ほら、わたしは夕クシー代を持ち合わせています。はかない夢でも壊れないように、どこにいても、その夢を守って運んでくれるタクシーに感謝の意を表してわたしは一曲歌います。タクシーは履くと七リーグ［四・三キロメートル］ほど歩ける魔法の長靴に最も近い存在なのです。それは夢想を途絶えることなく繋いでくれる、わたしの悪徳や贅沢をも永続させてくれるのですから。夢想と最もワイルドな放浪性に対抗することをそんなにもお望みなら、どうぞわたしを捕まえてください。夢はあらゆる事柄が誕生するために、肥沃に満ちてなぞめいた褥《しとね》張りされた個室そのものなのですから、つまり人間が達成したすべては、この個室の中で創造されたのですから……）

警官はジューナを捕らえることなしに通り過ぎていったので、彼女は彼を信頼したと同時に彼がかなりの物知りなのを認めていた。あちらこちらにあるハウスボートという船のことを彼はよく知っていた。漁師たちにフライドポテトとワインを出す船、ズボンをはいた女性が中でひとり大きな銅像を彫っている船、一晩五セントで渡り労働者らを泊めてやる船、さらには男の子たちが遊べるプールに仕立てた船のことも、男たちに赤ちょうちんの船と呼ばれている別の一隻も。その先の方の、サーカス一座がフランス国内中を巡業するのにずっと使っていた船についても知っていた。このハウスボートが、もはや長い航海には危ないと見切りをつけられたので、ジューナは問い合わせてみようかと思っている船なのだった……

　それは橋のたもとに錨を降ろしていた。縦長で幅広い船体、頑丈な船首から重々しい錨のチェーンが垂れ下がっていた。脇に窓は一つもないが、デッキの上にガラス張りの跳ね上げ戸があり、夜警の老男がジューナのために開けてくれたドアだ。彼女は幅が狭くて急な階段を降りていくと天窓から光が差し込んでいる広い一室に入っていった。さらに奥へ進むと、もう少し小さめの部屋があり、その先に通路をはさんで両側に手狭な船室があった。

　舞台として使われていた真ん中の広い部屋には、廃棄された舞台装置や幕や衣装がまだ残されたままだった。この部屋の両側にある小さめの部屋は、かつて旅まわりの役者たちの楽屋だった。今は塗料や薪や道具、使い古した頭陀袋や古新聞が入ったかごでいっぱいだった。舳先《へさき》にあたる部屋は、つやつやしたタール紙の壁紙を貼ったかなり広い空間になっていた。天窓から見えるのは空だけだった。そして側面側にある、鎖で作動する吊り上げ橋のような二つの出入り口は、河岸に合わせて水面からわずか数インチのところまで切り抜かれていた。

老夜警は小さめの部屋の一室を借りていた。彼はベレー帽をかぶりフランスの農夫のように青いデニムの仕事着を身に着けていた。

彼はこんなふうに自己紹介した。「昔、遊覧用のヨットで船長をしていたことがあるんだ。そのヨットが暴風に吹き飛ばされたとき片足を失くしたよ。でもね、わたしはあんたのために水と炭と薪を運んで来てやれるさ。毎日溜まった水を汲み出すのもできる。この船は浸み込んでくる水に気をつけなきゃならない。随分古い船だからね、でも木材は頑丈さ」

この船の内壁は鯨のお腹のなかのように曲線を成していた。船の屋根を支える古い横木には、木材、石材、石炭を運んだ以前の汚れが染み付いていた。

ジューナが立ち去ろうとしたとき、老夜警は太い紐にぶら下げられた手桶が両端についている一本の木棒を取り上げた。日本の水運搬人のように、彼は両肩にその棒を掛けてバランスをとった。そして大きな玉石の上を信じられないほどの均等を保って、片足で飛び跳ねながら彼女の後から進みだした。

冬の夜は都市を覆い包むようにやって来た。街の灯りに霧と煙をふりかけて、その光は聖人の頭光のなかへ溶けていく。

ジューナがランゴに出会った頃、二人の隠れ家を見つけられなくて彼は憂鬱な様子だった。ジューナは言った。「あなたに見せたいものがあるのよ、あなたが気に入ればわたしたちの居場所になるかもしれないわ」

二人は河岸に沿って歩いていて、修理中の通りを抜けて駅の前を過ぎようとしたとき、ジューナは工事現場の人が置いていった赤い手提げランプを取り上げた。そのランプを持って、灯りのついたまま橋を渡った。途中でハウスボートを見つけるのに協力してくれたお巡りさんに出会った。道路に置いてあった手提げランプを盗んだことで彼は彼女を逮捕するだろうと、ジューナは思った。

しかし警官は彼女を停止させなかった。彼は彼女が向かっている所を知っているのでにっこり微笑んでくれたばかりか、すれ違いざまにランゴの体格の良さを褒めてくれた。

老夜警が跳ね上げ戸に急に現れて叫んだ。「おい、そこの！　どこへ行くんだ？　ああ、あなた、可愛い奥様。待って。あなたのために開けますから」そして彼は、跳ね上げ戸を全開にしてくれた。

二人は、くねったはしご段を降りて行きランゴは石炭のにおいを嬉々として嗅いだ。彼は船室やあちらこちらにできた影や屋根を支える梁を見て叫んだ。「ここはホフマン物語だ。［フランスの作曲家オッフェンバックのオペラ、一八八一年にパリで初演。第二幕のホフマンのバルカロール（舟歌）は有名］夢だ。おとぎ話だ」

セーヌ河の祖父、遊覧ヨットのもと船長は、このコメントを無礼なほど大声で笑いとばして自分の船室へ戻っていった。

「これだよ、ぼくがほしかったのは」とランゴは言った。

彼は身をかがめて船の先端にあるとても小さい部屋に入った。細くなった先が格子窓になっている小さな牢屋のような部屋だった。鉄格子の下に巨大な錨の鎖が降ろされていた。床は擦り減り湿気で腐っていたので、いくつも空いた穴から舟底に寄せて重なる波を見ることができた。それはまるで、川が船の持ち主は自分だと言わんばかりで、力強い指となって何本も重なりうごめいているように見えた。

ランゴが言った。「あなたがもしぼくを裏切るようなことがあれば、この部屋にあなたを閉じ込めましょう」

彼らを取り囲む長い影、頭上で音を立ててきしむ中世風の梁、ひたひたと打ち寄せる波、舟底の白かび、錨に繋がれた鎖の錆びついた憂いを帯びたもの哀しさ、彼が言ったことをジューナは疑いはしなかった。

「ジューナ、あなたは本当の人魚のようにぼくを海底に連れていってくれています」

「わたしは人魚に違いないわ、ランゴ。深みはちっとも怖くない、でも浅い薄っぺらな生活はとっても怖い。かわいそうなランゴ、あなたは山育ちだから海の要素を持ち合わせていないわね。あなたは満足しないでしょう」

「山から来た人は常に海を夢見ていますよ、とりわけぼくは旅が大好き。今ぼくら二人の舟はどの辺りを進んでいるんでしょうね」

彼がこう聞いたとき、彼らの舟の近くを川上に向かって他の舟が通り過ぎていった。彼らの舟全体がせりあがって動いた。そして巨人の骨のように大きな舟の肋材《ろくざい》が音を立ててきしんだ。

ランゴは寝転がって言った。「ぼくたちは今まさに航行中なんだ」

「わたしたちはこの世間から出たんです。危険な事柄はみんな外の世界にある、世間のなかに」危険な事柄はみんな……すべての恋人たちがそうであるように彼ら二人も信じていた。愛するということのいろいろな危険は外から、世間からやって来ると、信じきっていた。愛に死をもたらす種は、むしろ人間自身のなかにあるのではないかと、疑ってみることもしないで。

「ぼくはあなたに、ここにいてほしい。このハウスボートからあなたが決して出ることがなければいいのにと望むばかりだ」

「ここにとどまってもいいわよ」

(それがゾラのためでなければ。食べ物を、薬を待っているゾラ、暖炉の火をつけるランゴを待っているゾラの。)

「ランゴ、あなたがわたしにキスをすると舟が揺れるわ」

あの赤い手提げランプが気まぐれな影と熱狂的な紅い光を二人の顔の上に投げかけていた。彼はそれを媚薬《びやく》のランプと名付けた。

彼は暖炉に火をつけた。彼は煙草を川の水に投げた。彼は彼女の脚にキスをして靴の紐をとき、ストッキングをおろした。

彼らは何かが川に落ちるのを聞いた。

「あれはトビウオよ」とジューナは言った。

彼は笑った。「川にトビウオはいないよ、あなたは別だけど。あなたがぼくの腕のなかにいるときは、あなたはぼくのものだと分かっている。でもあなたは足早に、とてもすばやく、あなたの足は羽のように軽やかにあなたを運んでいく。ぼくから遠く離れたところへ、何処へ行くのか分かりっこない、あまりにも速すぎて、あまりにも速すぎて」

普通の人がするように手のひらではなく、子どもやクマやネコがするように彼はこぶしで顔をこすった。

彼が凄く熱烈に彼女を抱きしめたので赤い手提げランプは床に転がり赤いガラスは壊れて、油は幾つものワイルドな小さい炎に炸裂した。彼女はその様を怖いとも思わず眺めていた。炎は彼女を嬉々とさせた、なぜなら彼女は常に危険と隣り合わせで生きたかったからだ。

油が厚くて乾いた板間に吸い取られた後、火は消えた。

二人は眠りにおちていった。

酔っぱらった、川の祖父、遊覧ヨットの元船長は、一人で長い間このハウスボートで暮らしてきた。この舟で彼が唯一の管理人であり続けた。ランゴの大柄な体格、彼のインディオの黒い肌、彼の野性的なぼうぼうの黒い髪、彼の低く力強い声は老人を怖がらせた。ランゴが夜、二人の寝室の暖炉に火をつけると、老男は彼の部屋のなかでランゴが出す音を罵りはじめるのだった。

それに老男がジューナを出迎えたりするとランゴがひどく憤慨するのが気にくわなかったし、彼は酔うとランゴに対してぶつぶつ不平を並べ、ごろつきの口調で脅し文句をならべた。

ある晩ジューナは真夜中少し前に着いた。風のある夜で枯れ葉が渦を巻いて吹き寄せられた。ジューナは桟橋の階段を一人で降りていくのがいつも怖かった。灯りは一つもついていなかった。眠っている浮浪者たちや、木々の後ろで商売をしている売春婦たちにつまずいた。彼女はそうした恐怖を克服しようと河岸の階段をいっきに駆け下りた。

二人はこういう決め事を交わしていた。通りからハウスボートの屋根に石を一つ放り投げてジューナが着いたことを知らせる、するとランゴは桟橋の階段の一番上で彼女を迎えるというふうに。

今夜は、自分の怖がりを努めて笑い飛ばして一人で降りていった。けれどジューナが舟に辿り着くと寝室に灯りは見えなかった上に、ランゴも迎えに出ていなかった。なんと老夜警が酔った赤い目をして口ごもりよろめきながら、跳ね上げ戸から急に飛び出てきた。ジューナは尋ねた。「ムッシューはもう来てらっしゃる？」

「もちろん、彼はなかにいるよ。どうして降りてこないのですか？　さあ、降りて、降りていらっしゃい」

でもジューナは部屋のなかに灯りが見えなかった。それにランゴがいるなら彼女の声を聞いて、迎えるために外に出てくるだろうから。

老夜警は、跳ね上げ戸を開けたままにして足を踏みつけて、ますます怒りっぽく言った。

「どうして降りてこないんだい？　どうしたっていうんですか？」

彼が酔っぱらっていることがジューナには分かっていた。彼女は彼が怖かったので引き返そうと思った。すると彼が激怒したので、彼女はいよいよ退散するべきだと思った。

老夜警の呪いのせりふが彼女の背中を追いかけた。

階段の一番上で、音一つたたない真っ暗闇のなか、彼女は恐怖でいっぱいだった。あの老夜警は、跳ね上げ戸のところで何をしていたのだろうか。彼はランゴを傷つけたのか。ランゴは部屋のなかにいたのだろうか。今後、老夜警はハウスボートに住めないと言い渡されていた。おそらく彼は自分でその恨みを晴らしたのだろう。もしもランゴが怪我でも負っていたら、彼女は悲しみで生きた心地はない。

多分ランゴは別の橋から来たのではないか。

時は午前一時になっていた。ランゴが答えるかどうか、彼女はもう一つ石を屋根に投げてみようとした。

彼女が石を拾い上げたところへ、ランゴが到着した。

二人揃ってハウスボートへ降りていくと、老夜警はまだそこにいてぶつぶつ言っているのが分かった。

ランゴはすぐ怒って手をあげることがあった。彼は言った。「おまえはここを出て行くように言われているのだ。おまえは直ちに出ていってもよさそうなものだ」

老夜警は自分の部屋に閉じこもって悪口を言い続けていた。

「立ち退くものかい」と、彼は怒鳴り散らした。「俺は昔船長だったんだから、またいつでもなりたいときに船長になれるんだ。どんな黒人も俺をここから出ていかせられないさ。俺はここに留まる権利があるんだからな」

ランゴは彼を放り出したかった。だがジューナはランゴを思いとどまらせた。「彼は酔っているの。明日になれば静かになるでしょう」

老夜警は一晩中踊ったり暴言をはいたり、いびきをかき、罵り、そして脅かした。彼のブリキの皿をたたきまくった。

ランゴの怒りはますます大きくなった、それでジューナは他の人たちがこう言っていたのを思い出した。「あの老人は見かけよりずっと強いよ。男一人わけなく打ちのめしたところを見ているからね」 彼女はランゴの方が強いのは知っていたものの、老人の反逆が恐ろしかった。背後から一突きされるとか、取調べを受けるとか、スキャンダルがたつ騒ぎとか。それよりとりわけ、ランゴが怪我を負わされるかもしれない。

「舟から降りろ、あとは俺が何とかする」と、ランゴは言った。

ジューナは彼を思いとどまらせて彼の怒りを宥め、二人は明け方に眠りについた。

昼どきに彼らが出てくると、老夜警はとっくに河岸にいた。二人が通りすぎる脇から、これみよがしに見下して川へ唾をはきながら、浮浪者たちと赤ワインを飲んでいた。

ベッドは床近くまで低く、ハウスボートの梁は彼らの頭上できしんだ。ストーブはいびきのような音を立てて熱気を放ち、川の水は舷側を軽く打ち、橋の上の街燈はかすかな黄色い光を船室へ投げかけていた。

ランゴがジューナの靴を脱がし彼女の足を両手のなかで温めはじめたとき、川の老主は壁にフライパンを打ちつけながら叫び歌いはじめたのだ。

「ナネットは惜しげなくあげる
他のみんながお金をとるものに。
ナネットは気前がいい、
ナネットはラブをあげる
赤ちょうちんのしたで」

ランゴは飛び起きた。激怒して、目と髪も荒々しく、大きな身体をこわばらせて老人の部屋へ突進していった。彼はドアを叩いた。歌は一瞬止まった、が、またはじまった。

「ナネットはリボンを飾っていた
　彼女の黒髪に。
　ナネットは勘定したことがなかった
　もっぱらなにもかもあげてしまった……」

それから彼はブリキの皿を叩いて、その後黙った。

「ドアを開けろ！」ランゴが大声で言った。

沈黙。

とうとう、ランゴが力いっぱい体当たりしたドアは裂けて壊れた。

老夜警は重ねたぼろ布に上半身裸で横になっていた。頭にベレー帽を被ったまま、髭にスープの汚れが付いたまま、恐怖で小刻みに震えている杖をかざしながら。

ランゴは六フィートの背、黒い髪をなびかせ、戦さに万全を期したピョートル大帝［帝政ロシアの確立者　一六七二―一七二五］のように見えた。

「ここから出て行け！」

老人は酔ってぼうっとしていて出て行こうとしなかった。彼の部屋は悪臭がひどすぎてジューナは後ずさりした。洗っていない瓶や皿が床に散乱し、何百本もの古いワインボトルが悪臭を放っていた。

ランゴはジューナに寝室で待つように言うと警官を呼びに行った。

ジューナはランゴが警官と戻ってきて説明をしているのが聞こえた。警官が老人に話しているのも聞いた。「洋服を着るんだ。ここの船主がおまえには退去するように言っただろう。ここに禁止命令もあるのだよ。さあ洋服を着て」

老夜警は洋服を手でまさぐりながらそこに横たわっていた。彼はズボンの上が見つけられないでいた。ズボンの片方がえらく小さいと驚いているかのように目をこらして眺めていた。彼は口のなかでわけのわからないことをもぐもぐ言っていた。警官はじっと待っていた。彼はよろめくので、みんなは洋服を着せてやることができなかった。彼はぶつぶつ言った。「かまうもんか。俺は遊覧ヨットの船長をやっていたんだ。白くてしゃれた船、こういう壊れたハウスボートじゃなくてさあ。船長の白い制服も持っていたことがあるんだ。お前さんたちはなんとしても俺を川のなかへ投げようってしているんだろ、でも俺にとっちゃあ同じことさ。死んだってかまわないよ。俺は間違ったことをしている老人じゃない。俺はあんたのために用事をしているじゃないか。水汲みにいってやっているじゃないか。石炭も運んでいる。夜にちょいと俺が歌ったからどうしたっていうんだ？」

「ちょっと歌うなんてもんじゃないよ」とランゴは言った。「外から戻る度に、もの凄い音を立ててるじゃないか。バケツ二つを打ち合わせて叩くは、壁をあちこち打ちつけるは、おまえさんはいつも酔っぱらい、階段から落っこちるは」

「俺はいつもぐっすり眠っているよ、そうだろ。ぐっすりこん深い眠りだ、誓っていいよ。ドアをぶっ壊したのは誰だ、え？　俺の船室に侵入したのは誰だい？　俺はここから出て行かないさ。俺のズボンが見つからないよ。これは俺のじゃないんだ、ちっちゃすぎるからね」

そうして彼はやおら歌いはじめた。

「わたしのことはほっておいてくださいな

もしもわたしがしんだとしても
わたしのろうそくがきえかけています
それにわたしのおくさんもね」

するとランゴも、警官も、ジューナもみんな笑いはじめた。みんなは、笑わないではいられなかった。老人はあまりにもぼうっとして、もはや無邪気に見えた。

「静かにするならここに居てもいいさ」とランゴが言った。

「もし静かにできなかったら」と警官が言った、「また来るからね、そのときは捕まえて牢屋へぶち込むぞ」

「もしもわたしがしんだとしても」老人は言った。「俺がどこにいるかわかりっこないさ」

彼は今は全く以て途方にくれていたし従順そのものだった。「だけど、ドアを打ち壊す権利は誰も持っちゃあいないよね。こんな作法なんかあるものか、誓って言うよ。俺は人を打ちのめしたことは何度でもあるがね、ドアを壊したことは一度もない。プライバシーが根こそぎ奪われた。作法っていうかけらもない」

ランゴが寝室に戻ってきたとき、彼はまだ笑っているジューナを見た。彼は彼女の前で両手を広げた。彼女は彼のコートに顔を押し当てて言った。「ねえ、ドアをぶち壊したあなたのやり方が私は大好きよ」　人間に怒りをぶつけてくる嵐という自然、雷のとどろきや稲妻を見るように、ジューナは自分のなかで密かに積み上げている感情の激烈さから解放された気がした。

「ドアをぶち壊したあなたのやり方が私は大好きよ」とジューナは繰り返して言った。ランゴという人を通して、ジューナは今まで決して獲得できなかった違った領域を呼吸していた。彼の行動を通して、彼女は今まで一度も知らなかった熱烈さという気風に触れたのだった。

セーヌ河は大雨で増水し始めた。そして中世からある石壁に塗装された水位標を超えた。ごく最初は河岸を水が薄らと覆った。すると橋の下で宿営していた浮浪者たちは郊外の木々の下に移動した。そうするうちに階段の一段目にひたひたと水は寄せてきた。一段上り、また一段、そしてとうとう八段目に達して止まった。人を溺れさせるのに十分な深さだった。

　そこに停泊している舟はみな水位とともに浮かび上がって、ハウスボートの居住者たちは手漕ぎボートを降ろして漕いで岸に渡り、川壁まで縄のはしごで上り、さらにその壁を堅い地面へとよじ登った。川沿いをぶらぶら歩いている人たちは、この一連の儀式を見るのを楽しんだ、まるでハウスボートの居住者たちによる街への穏やかな侵入でもあるかのように。

　夜ともなると、このセレモニーは危険を孕んでいた。ボートを漕いでハウスボートを行ったり来たりするのは難儀をともなわずしては無理だった。川が増水すれば、流れは勢いを増した。あの微笑みかけるセーヌ河が、むしろ険悪な一面を露わにした。

　縄のはしごは時代物で、堅さは所どころ時の流れによって削ぎ落とされていた。

　ランゴの騎士道にかなった勇敢な振る舞いは、この状況にふさわしいものだった。貝殻のスカラップ形を縁取った彼女のペチコートの裾が見物人たちの興味の視線に触れさせまいと、ジューナが壁を上るのを手助けしたり、彼女を抱きかかえて手漕ぎボートに乗せたり、彼は精力的に漕いだ。階段にぶつかると流れに後押しされる性質があるので、彼はまず立って竿をさし、ボートを岸から離した。するとまた別の流れが逆方向へと吸い上げてくるので、彼はセーヌ河の下流へ流されないように奮闘しなくてはならなかった。

彼のズボンは捲し上げられ、彼の頑丈な黒い脚をむき出しにして、髪の毛を風にたなびかせ、筋肉が引き締まった両腕をかざし、彼は自分の力に享楽を感じて笑みを浮かべていた。それでジューナは仰向けに横たわり、毎回新たに救助されるままにしていた。あるいはヴェニスの地位ある貴婦人のように漕いでもらうに任せていた。

ランゴは夜警がボートを漕いで二人を渡すことをさせたくなかった。彼の恋人をハウスボートまでボートで漕ぐのは自分でいたかった。激しく高鳴る水流をランゴはジューナのために征服したかった。二人の住処に彼が彼女を無事に帰したかった。陸地、パリの街から彼が彼女を誘拐したと思いたかった。彼自身の愛の砦に彼女をかくまい隠してしまいたかったのだ。

真夜中という刻、他の人たちが、炉辺にて柔らかい寝室用スリッパを履き、または遅い終演の劇場の前でタクシーをさがしていたり、またはバーで偽りの陽気を振りまき続けて、夢の眠りにおちていくときに、ランゴとジューナは叙事詩的救出作戦に挑み、荒れ狂う川との闘い、困難に体当たりしていく旅を進め、脚は水浸し、着ているものもずぶ濡れで、愛が、愛の試しと報酬があらゆる総括のなかで一瞬に圧縮される冒険に生きていた。もしもランゴが川に落ちて溺れてしまったならジューナも死んでしまいたいと感じていたし、もしもジューナが氷のように冷たい川に落ちてしまったならランゴはジューナを救うために死んでもよいと感じていた。危険と直面したこの一瞬に、お互い生きるための理由があることを二人は認識した。だからこの瞬時へ彼らのすべてを投げ出した。

　ランゴはまるで都市の中心地ではなくて海洋で迷ったように漕いだ。そしてジューナはボートに座ってそんな彼を畏敬の念をもって見つめていた。まるでこれは中世騎士の馬上武術試合であるかのように、まるで彼がセーヌ河を制することは彼女の女性的な知力への最高の誓願を込めた捧げものであるかのように。

　崇拝と愛情の気持ちから、彼女のためのストーブの火を自分以外の誰にもつけさせなかった、あたかも彼自身が彼女の脚を乾かし温める暖気であるかのように。彼は彼女を抱きかかえて、跳ね上げ戸をくぐり冬の濃い霧で湿った凍てつく部屋へ入っていった。彼が火の気のある部屋にするまで彼女は震えながら立って待っていた。彼女を温めたいという彼の強い欲求を注ぎ込んだ激烈さをもって、彼は火をおこした、だからストーブは、煙を出したり急に止まったりする普通のストーブにはもはや見えなかったし、ランゴも湿った古新聞で薪に火をつけている普通の男には見えなくて、むしろシュバルツヴァルト《黒い森》［ドイツ南西部の森林地帯」で火をおこしているヴァルキュリヤ［北欧神話、オーディン神の侍女、空中に馬を走らせて戦死した英雄たちの霊を殿堂《ヴァルハラ》に招いた］の英雄のようだった。

こうして、愛と欲望がささやかな振る舞いに大きな能力を取り戻し、パリでの冬の一晩に、神話の威信を新たにもたらした。

彼が最初の炎を燃え上げさせるとジューナは笑って言った。「あなたは火の神様だわ」

ジューナをランゴの温もりのなかに思いの丈深く抱きしめたので、二人の愛の扉を非常に親密にぴったりと閉じることになり、むしばむ外気は一切入りようがなかった。なので、すべての恋人たちが夢みる砂漠のオアシスがあるような島、庵のような部屋、ひとつの繭を獲得しつつ、このとき二人は満足感を覚えはじめていた。そこでは、一からはじまる二人一緒の世界をつくっていける。

暗闇で二人はそれぞれのいろいろな自分を差し出した、ただ最近の自分とか衝突や懐疑心や嫉妬心の種になるような危険な領域にある、出会う何年か前の話は避けながら。暗闇で、むしろ二人のずっと若いころの無垢で囚われない自我のいろいろを、互いに捧げ合おうと、探していた。

互いに与え合う純潔な自己を再び取り戻しながら、これこそがすべての恋人にとっては、愛する人と手を携えて帰還したいと思っているエデンの東なのだった。

二人は抱擁を通して過去を洗い流し、彼らの思春期へ共に戻ったのだ。

ジューナはこの瞬間自分自身がまさに少女であると感じたし、襟元に着けていた十字架の刻印とミサに焚かれたお香の臭いを再び感じもした。彼女のベッドの脇に置いてあった小さな祭壇を、キャンドルの臭いを、色褪せた造花を、修道女の顔を想い出していた。また死と罪の観念が、女の子の頭のなかでは解けないほど複雑に混乱していたのを想い出していた。彼女の地味なドレスの下で彼女の少女の乳房は小さいと思い込んでいたし、両脚をぴったりとくっつけるようにしていたのも想い出していた。今やジューナはランゴが愛した最初の女の子なのだ。彼が馬に跨って訪ねてきたその娘、彼女を一目見るために山々を超えて夜を徹して旅してきた彼。鉄の門越しにしか話したことがなかった、この娘の顔はジューナの顔だった。彼女の顔は彼が夢で見た顔だった。十六世紀の彫像、聖母マリアの目をして眉間が広い顔だった。彼はこの娘と結婚して、アラブの夫のように嫉妬深く自分のものにしようとするだろう。そして彼女は世間に二度と見られたり知られたりすることはないだろう。

この愛の深淵なるところで、この愛の大きく広げられた天幕の下では、彼がその幼年時代を語るとき無邪気さをも取り戻していた。小さい頃よりもっと意義深い無邪気さだった。それは無知や、不安や、経験の中立的立場から生じたものではなかったからだ。それは何度も繰り返された検査や選抜や不純物の自然な排除から生じた究極の純金のようだった。それは数々の冒瀆の後に、若いときには得難いもっと深い層から成る勇気から生じた無邪気さというものだからなのだ。

夜、ランゴは語った。「ぼくが生まれた山は死火山だった。その山は月により近いところにあった。月があまりにも巨大でぼくを怖がらせた。月はときどき光暈《こううん》をともなって現れた、空の半分を占領しながら、何もかも真っ赤に染まった……人々が狩りの標的にした鳥がいた。その生命力はたいへん頑強で矢で射止めた後も原住民たちは、その二つの羽を引き裂いて鳥の首の後部に突き刺さねばならなかった。そうでもしなければ息の根をとめることはできなかったからだ……沼地では人々は鴨を殺した。そこでぼくはあるとき流砂に足を捕られたことがあったけれど、即座にブーツをぬぎ捨て、安全な地面に飛び出して自分で一命をとりとめたのだ……ぼくらの家の屋根に巣を作って飼いならされた鷲がいた……夜明けにぼくの母は家中の者たちを集めて祈りを唱えた……日曜日ごとには午後いっぱいかかるご馳走を食べた。濃厚で甘いスペイン風のチョコレートの味を今でもぼくは覚えている……大司教や枢機卿が紫や金や深紅色の法衣を身に纏ってやって来た。ぼくたちは十六世紀のスペインの生活をおくった。ぼくらの周りの自然の広大さはある種の恍惚《トラ》状態《ンス》を醸し出した。あまりにも巨大なので悲壮感と孤独感まで漂わせていた。グアテマラを知っていると、ヨーロッパが最初は、物凄く狭くてむさくるしくも見えた。おもちゃの月におもちゃの海、ぼくはそう呼んだんだ。家々も庭もあんまり小さくてね。ふるさとのグアテマラでは、ぼくらが狩猟に出かける山の頂上に辿り着くまで、汽車で六時間と乗馬で三週間をゆうに費やしたからね。地面に寝床をとりながら、そこに何か月も滞在した。心臓への重い負担を考慮して仕事はゆっくりと進めなくてはいけなかった。ある高さを超えると、馬もロバも耐えられなくなって、口や耳から血を流していた。冠雪した頂上に到着したころには空気があまりにも希薄で、その色はほとんど黒みがかっていた。険しくそばだった崖を見下ろしてみようとした、何千マイルも下に、ぼくらは認めることができた、小さく遠くに、強烈な深緑色をしてうっそうと茂った熱帯雨林を。ときには何時間も何時間も馬に乗って滝に沿って旅したものだ。瀑布から落ちる水音はぼくを催眠状態にもした。そしてこの間中、雪と野生のなかで、ぼくは青白く細身の女性を夢見ていたのだ……ぼくが十七歳のとき、スペイン娘に恋をしたんだ、その人はあなたのように眉間が広かった。この女性のことを夢見ていたんだ、あなたを夢見ていたといっていい。だから、あちこちの都市を夢見ていて、都会で暮らすことにあこがれもした……ぼくが生まれた山岳地帯では平らな地面を歩くことは決してなかった、人はいつも階段を歩いた、巨大な四角い岩でできた空に向かう果てしない階段を。一つ積み上げては、また一つ積み上げてと、インディオたちがどんなふうにやってのけたのか誰も知らない。こんなことを人間ができるとは思えない。むしろ神々によって築かれた階段のように見受けられた。一段一段の高さが人の歩幅よりはるかに高かったからだ。この階段は巨大な神々のために造られたのではないか。なぜならマヤ族の巨人たちは、生け贄の血を飲み干した巨大な神々が、山々の崖の大きな階段を上るのに疲れ果てた人間どものちっぽけな奮闘を嘲笑している様子を花崗岩に彫り刻んでいたからだ。火山はしばしば噴火して炎と溶岩と火山灰とでインディオたちを覆ってしまった。何人かの者たちは落下してくる岩に当たり肩は曲げられ溶岩のなかで身動きできなくなった。地球に、地球のはらわたからの呪いに、罵られたかのように。

ぼくたちは自分たちよりもっと大きな足跡を時おり見つけることがあった。それらはマヤ族たちが履いていた白い長靴の跡だったのだろうか。ぼくが生まれたところは世界が始まったところだ。いくつもの都市が溶岩の下に埋もれたままで、まだ生まれていない子どもたちは噴火で滅ぼされた。その高地には海は無かったが、湖があり海と同じような猛烈な嵐を起こした。風はときとして人を打ち首にするかと思われるほど身を切るように吹きすさむのだった。雲は砂あらしによって貫かれ、溶岩は星のかたちとなって凍結し、木々は熱に枯れ灰と化した葉を落とし、露は垂れたところで湯気を立て、そしてまた、地球の焦げてひび割れた唇から雲が立ちあがった……まさにそんなところでぼくは生まれたのだった。それにぼくの最初の思い出というのが他の子どもたちと違っていて、ぼくのはじめての記憶は一頭の雌牛を頭から飲み込んでいる大蛇なのだ……貧しいインディオたちは屍を入れる棺桶を買う金は持っていなかった。亡き骸が棺桶にしまわれないと酸化が進んで硫黄が燃えるとき、青い鬼火が激しく立ちのぼる。ちいさな青い炎が夜に浮きあがると気味が悪くて怖くて……ぼくの家に入るには川を渡らなければならなかった。そうしてようやく、ヴァンドーム宮殿［フランス中北部ロアール河沿岸にある］と同じくらいに広い玄関前の石畳みに辿り着いた……それから農場にある礼拝堂に着いた。毎週日曜日にミサを行うために町から司祭が呼ばれて来た。……家はとにかく大きくて屋内に中庭を備えて四方八方に広がっていた。薄いサンゴ色をしたスタッコでできていた。壁という壁一面にライフル銃を掛けた部屋や蔵書でうめつくされた部屋もあった。父親の書斎のヒマラヤ杉の臭いは今も忘れられないよ。父の気品と男らしさと勇敢さがぼくは好きだった……叔母さんの一人が音楽家だった、でもずいぶん乱暴な男の人と結婚して不幸な目にあった。彼女は毎晩一晩中ピアノを弾き続けて自分を餓死にいたらせた。彼女が死んでしまうまで、夜な夜な彼女の演奏が聞こえてきた。ぼくが音楽に傾倒していったのは、その叔母さんのピアノ演奏だったと後で分かった。彼女が演奏していたのは、バッハやベートーヴェンの名曲、でもその頃はそんな人里遠く離れた大農場では全く知られていないも同然だった。音楽学校は女子生徒たちだけがよく通っていた。音楽はやわな学芸だと思われていた。だからぼくは音楽学校に行くのをあきらめるしかなかったので独学でやった。それに女の子たちはぼくをばかにして笑っていた。ぼくは大柄だったし、いろんなことに荒っぽいやりかたしかできなかったし、確かに狩りや決闘や乗馬が大好きだったけれど、何にも増して本当に好きだったのはピアノだったんだ……山育ちの男の強迫観念は海を一目見たいということだ。はじめて大海原を目にしたときの感動は忘れられない。ぼくはくらくらして心底感極まった。今でさえ『オデュッセイア』を読むと、海に焦がれる山男の、暖かい気候を夢みる雪男の、ギリシャの光とまろやかさに憧れる浅黒いインディオの男の、魅惑をそそるのだ。そしてそうだから、ぼくはあなたに惹かれるのだ、あなたはトロピカルそのもので、太陽とその柔らかさと明るさを内にもっている人だから……」

山に、手荒っぽさに、戦《いくさ》に向いたこの肉体に何が起こったというのだろうか。バッハの名曲をピアノで演奏し続けながら死んでいった叔母である婦人の屍から出た、音楽の、芸術の青い小さな鬼火は、安らかな眠りにつけない硫黄から燃え出す青い小さな鬼火は、狩りや闘いや恋の争奪戦のためにつくられたこの肉体を通り抜けた。青火は彼の生まれ故郷から遠く離れた、いろいろな都市やあちこちのカフェや芸術家たちの近くに彼を誘い出したのだった。

しかし青い魂《たま》は彼を芸術家にはしなかった。

それは蜃気楼のようなもので、大農場から、贅沢から、両親から、結婚と家族生活から引き離し、彼を遊牧民《ノマド》に、さすらい人に、実家には二度と戻れない安住の家なき人に作り変えた。そうして彼は言う。「ふるさとに錦を飾れないのが恥ずかしい、乞食のようになって帰るようなものだから」

音楽と詩から燃え出した小さな青い鬼火は、愛が交わされる長い夜のあいだだけ見ることができた、その夜中だけ。日中は見えなかった。日が昇るやいなや彼の肉体は力がみなぎって世を制するのではないかとジューナには思えた。

彼の身体、それは精密さと優美さを備えて高度に仕上がった彫像のように、都市に住む人に向いたように鑿《のみ》で刻まれてはいなかった。むしろ粘土を塊のまま形に拘らず、輪郭もありのままの剝き出しで原始的な彫りものにより近い。インディオの人の、動物の、岩石の、土壌の、植物の外郭にいささかなりとも重きをおいたかのようだった。

彼の母親はよくこう言ったものだ。「少年のキスじゃないね、おまえのは、小さな動物のキスだね」

彼はゆっくりと起きてきて、獅子の子のように握りこぶしで目をこすり、目をつぶったままあくびをすると、口もとから出っ張ったほお骨にむかってちょっとおどけた、ちゃめっ気な皺がよる。そんな彼にみなぎる力はすべて滑らかな身体つきに隠れていた。あの獅子のように、微塵の奮闘のあとも見られなかった。

彼の一日の始まりは遅かった。人の意識というのは夜中に投げ捨てられてしまった何かであるかのように、彼の身体を纏う何か人為的な覆いのように、取り戻さなければならなかった。

　都市のなかでは、激しい行動のために作られているこの身体、跳ぶように動き、ある種の危険との向き合い、馬の一駆けの歩幅に対等である身体は、役に立たなかった。その身体は不必要な外套のように脇に置かれるしかなかった。堅く引き締まった筋肉、神経、本能、動物的な敏捷さは無駄だった。目覚めていなければならなかったのは頭脳だった。筋肉や筋骨ではなかった。違った手の危険に対してしっかりとした気づきが絶対になければならなかった。異なった奮闘が不可欠だった。ある観念的な思考力と知恵とによって、すべてが頭脳のなかでよく考えられ、照合され精通されている必要があった。

　肉体から出る多幸感は都市によって壊された。空気と空間の補給はほんの少しだった。肺は収縮した。血液は希薄になった。食欲は衰え腐敗した。

　肉体から出る直観力、光輝、リズムは瞬く間に砕けていった。時計が刻む時刻、機械、自動車のクラクション、合図を告げるホイッスル、密集が男を混雑の歯車に巻き込み、彼の耳を聾し麻痺させた。都市のリズムが男に指図する。それは生命を維持させてやるという横柄な命令であり、実は窃取された亡き骸となって生きることを命じられているのだった。

ランゴの抗議は敵を否定し壊すことに仕向けられた。時計の時刻を拒絶するようにさせ、何よりも、得ようとして手を伸ばしたあらゆるものを彼は取り損なうようになった。都市のリズムではなく彼自身のリズムに従って行動しようとして、あんなにも遠回りをしてしまうものだから髭剃りとか焼いた肉一切れの買い出しのような簡単な行いに何時間もかかってしまった。それで結局、極めて重要な書簡はいつまでたっても書かれなかった。たばこ屋の前を通ったとき、彼の反規律的習慣がたばこが欲しいという気持ちよりずっと強くて、あんなに欲しがっていたたばこを買ってくることを忘れてしまうのだ。ところがその後、昼食に呼んでくれた友人の家のすぐ近くまで来たときに、たばこを思い出して大変な遠回りをしてたばこ屋へ戻り、昼ご飯どきをとうに過ぎたころに友人の家にやって来たのだ。もちろん怒った友人は家にはもういなかった。だからこんなふうに都市のリズムと様式は、またしても破壊されて秩序も壊れ果て、ランゴは共に為すすべもなく昼飯抜きに置き去りにされるのだった。

彼はその友人を追いかけようとしてカフェへ行ったかもしれない、だけど友人以外の人を見つけて製本のやり方について話し込んでしまい、そんななか、別の友だちは採用のことで力添えをしてくれるというランゴをグアテマラ領事館で待っている、でもランゴは決して現れない。その間ゾラは病院で彼を待っている。そして、作られた夕飯は火の上で台無しになったままジューナはハウスボートで彼を待っている。

このとき、ランゴは屋台の本屋で雑誌の立ち読みをしていた。そうでなかったら、カフェのカウンターでサイコロを転がして一杯のお酒を賭けていた。こうして今や都市の様式は破壊された。よろめいた足どりでめちゃくちゃな状態でランゴは帰ってきてジューナにこう言った。「ぼくは疲れたよ」 そうして疲れ切った重たい頭を彼女の胸の上に置いて、彼の重たい身体は彼女のベッドに横たわり、満たされなかった欲望や頓挫した機会の数々が彼のポケットに入っている石のようにずしりと重くのしかかり、彼の惰性的なことばと重なってベッドはきしんだ。「これがやりたかったんだ、あれがやりたかったんだ、世の中を変えたいんだ、行って闘いたい、ぼくはやりたいんだ……」

しかし夜も更けて一日は失敗に終わり、彼の手のもとで崩壊した。ランゴは疲れて、小ぶりな樽からお酒をもう一杯飲むのだろう。バナナを一本食べて、彼の子どもの頃の話をまた始める、パンの木について、日陰に生育して枯れてしまう木について。それから彼の誕生日プレゼントに父が贈ってくれた小さな黒人の男の子のこと。ランゴと同じ日に、ただしジャングルで生まれた、狩りで遠出をするときはランゴのお伴をするはずだったけれど山岳地帯で風邪をひき、あっというまに死んでしまった、その黒人の男の子について話し出す。
　こんなふうに、たそがれどきになるとランゴは都市の秩序を全部壊してしまっていた。なぜなら都市も彼の身体を壊していたからだ。だからそういう一日は、非難や反抗やしくじりの埋葬地と化して横たわった。彼自身もが縺れ込んでしまった。どでかい網のように横たわった。まるで子どもが納得できない指示にこんがらがってしまうように。挙句の果てにランゴは自分で喉を絞めてしまう危険にさらしながら……そうすると次にジューナはというと、彼が窒息してしまわないかと、あるいは押しつぶれてしまわないかと怖くなって、彼女は彼をやさしく解きほぐしてあげようと一生懸命になるのだった、彼の壊れた眼鏡を元通りにしようとばらばらになった欠けらをみんな拾い上げるときのように。

　二人は人間愛の完璧な瞬間に到達していた。二人は理解と調和の完璧に近い瞬間を創り出していた。しかし、この高揚感の頂点にある瞬時が成り行きから生じてくるあらゆる欠陥によって、後で破壊されると、今度は二人を悩ます相違点の問題としてとどまっていようとする。

最初、事の混乱は把握しがたく、これから先に起こる破滅にいささかも警報を鳴らすものではない。最初は視界が明るいもので、ちょうどみごとな水晶のように、ひとつひとつの行為もひとことひとことのことばも、愛情の伸びる根っこに光と温かみを放ちながら銘記されていく。だが、その後で愛情を徐々に歪めていき愛の拡がりをも腐食させていく。

ランゴがジューナの到着を待って、あの灯りに火を点す。遠くからでも彼女が赤い灯りを見られるように、彼女を安心させるために。彼女をより足早に駆り立てて、彼がそこに存在していることと彼の熱烈さを示す赤い灯りは象徴となって彼女の意気を高めた。しかし、彼女が暖をとれるように彼が火をくべておく……こういった儀式をランゴは維持できなかった、何故なら時間通りに到着する努力を継続できなかったからだ。彼の長年の習慣が相反する習癖を生み出していた。つまりみんなのあらゆる期待を、すり抜け、避ける、破るのだ。すべての責任、すべての約束、すべての具体化された計画を。

愛する人に会うために、あなたが彼に向かって走って行くとき同時に愛する人があなた目がけて走ってくるのを見ること、同時性がもつ魔法のような美点。この結びつきを達成するためにちょうど真夜中きっかりに出会う魔法の力。立ちはだかる障害を克服し、友だちを何人か見棄て、他の縁も断ち切ってやっと獲得した一つに結束したリズムという妄想、これすべてはランゴの怠惰から、早々と取り消されてしまった。失敗に終わったたくさんの意向や破られたたくさんの約束や頓挫したたくさんの願望の只中で、むしろ自分らしく立ち回るそんな彼の習癖から、一瞬一瞬を逸してしまう、約束を決して守れない、無秩序の状態のなかで意固地に生活する。

ジューナのなかではリズムの重要性が相当強いので、どこにいても腕時計をしてなくても真夜中の刻が迫るのを感じ取れたし、それがまた正確だったものだから、バスに乗ってから降りると同時に、駅の大時計がちょうど真夜中の時報を告げるゴングベルを十二回打ち鳴らしたものだった。

タイミングへの服従が、人間関係の不変性はめったにないことだと彼女に気づかせていた。二人の心のなかで真夜中十二時のときが同時に鳴ることなどめったにない、真夜中の十二時に二人対等の欲望を感じることはめったにないと、彼女はいやというほど痛々しいまでに気づいていた。そしてこの不一致というずれと無関心は不和や難しさのしるしであり、人間関係の融合は不可能なのだという兆しに気づいていた。

ジューナ自身の身の軽さ、自由自在な動き、それから急に身をくらませる習性が彼女の逃避を後押しした。ところが逆にランゴは、自分から退散するような姿を見られたことは、かつて一度もなかった。酒瓶が空になり、みんなが帰っていき、夜が更け、カフェは店仕舞い、通りに誰もいなくなったとき以外は。

彼が手間取るいろいろな厄介な事柄をやりこなせない才の無さが、彼女にとっては彼からの愛情の力を弱めてしまうのだった。

ランゴが二つの火を起こさなければならないことに、だんだんと気がつくようになった。一つは家でゾラのために、もう一つはハウスボートのなかの火。彼が夜もかなり遅い時間に、疲れて雨に濡れてやって来たときは、彼が家庭でしょい込んでいる重荷と疲労に、ジューナは彼女自身が気にせずにはいられなくなって胸がいっぱいになった。それでそんな彼のために彼女が火をたきつけるようになった。

ランゴは朝遅くまで寝ているのが好きだった。一方ジューナの方は石炭船が通過し出して霧笛が鳴るころや、橋の上の交通が忙しく行き交うころには、目を覚ましていたかった。そんなだから、そっと身支度をすると角のカフェまで走って行って、彼が起きると同時にびっくりさせようとコーヒーと丸パンを買って戻ってきた。

「君はなんて優しい人なんだ、ジューナ、なんて心温かくて思いやりがある人なんだ……」

「わたしをどんな人だと思っていたの？」

「ああ、あなたという人は生まれたその日に世界を一瞥《いちべつ》してから、中国人が知恵ある所と呼ぶ天界と地上の間にある地域に住むと決めたような人だよ」

旅ゆく人たちを見送ったケ・ドルセー駅の巨大な時計が朝になるとなんとも大きくて怒った顔を見せた。ゾラの世話をする時間ですよ、あなたのお父さんの世話をする時間ですよ、さあ　さあ、日常に戻る時間ですよ、時間、時間、時間……

夜ジューナがハウスボートを目指して近くまで歩いてきたところで、その窓辺に赤い灯が光っているのを見るのがどれほどまでに好きだったか自分でよく分かっていたから、ランゴがまた遅刻をする癖に戻ったときは、彼のために灯りを点すのはジューナの役になった。怯えていた暗いハウスボートも酔っぱらった番人も寝ころんでいる浮浪者たちも、木々の後ろでうごめく人影もへっちゃらになってきた。

彼がどれほどワインをよく飲む人でいつも必要としているかを見いだしたときも、そんなに飲まないでなんて言ったことは一度もなかった。彼女は蚤の市で小ぶりな樽を買い、赤ワインを満たしてベッドの上の彼の手が届くところに置いた。二人一緒の生活が、二人揃って向かう冒険が、互いに語り合うさまざまな話をして時を過ごすことが、じきにワインに取って代わるものと信じて。二人して暖を取ることがワインで酔って温まるのに取って代わるとも信じて。二人の抱擁からくるすべての自然で夢中な酔いが、酒樽からではなく彼女から沸き起こり流れ込むものと信じきりながら。

そうこうしてある日、ポケットに、はさみを入れてランゴはやって来た。ジューナは彼の髪を切りたいと思うだろうか。ゾラが数日病院に入院していたときだった。彼は床屋が嫌いだったので、普段は彼の髪の毛を切るのはゾラだった。

彼のたっぷりと、てかてかした巻き毛の黒い髪の毛、水にもオイルにもなじまない髪。彼が望むようにジューナはランゴの髪を切った。そのとき一瞬、本妻になったような気持ちになった。

そしてまたゾラが退院して家に戻ると、ランゴの髪の毛を世話する役をゾラは再び取り戻した。

するとジューナははじめて泣いた。しかしランゴは彼女がどうして泣くのか分からないでいた。

「あなたの髪を切るのはわたしでいたいのよ」

ランゴは、いらついた身振りをして言った。「あなたがどうして、そんなことにこだわるのかぼくには分からないね。意味がないよ。ぼくにはまったく理解できないね」

音楽というものがこの世になければ、さまざまな想い出を水に流して、人は自分の人生を忘れることができる。そしてもう一度生まれ変われる。音楽というものがこの世になければ、人はグアテマラの市場のなかを、チベットの雪のなかを、ヒンズーの寺院の階段を歩いていける。人は衣を取り替えて、持ち物を捨てて、過去の一切を失える。

けれど音楽は何か親しみのある雰囲気で人を追いかけ、何処か分からない無名の森深くに、もはや心臓の鼓動は抒情を打つことはない。もはやそこは舞台装置のような寺や市場や通りではない。そこは舞台美術のあらゆるディテールが、断固として変わることなく再現された人生舞台の情景なのだ。あたかも音楽が単なる伴奏ではなく、そのドラマを奏でる楽譜そのものであったかのように。

ランゴとジューナのラストシーンは眠りにおちるフェイドアウトで幕を降ろしたかもしれなかったし、もう一度彼の髪を切らせてほしいという願いを拒否されたことも彼女は忘れたかもしれなかった。けれどそのとき、河岸の手回しオルガン弾きの男が意地悪にも一曲やり始めたので、また別な場面を彼女に喚起させた。ランゴのうまい言い抜けや彼の髪を切るゾラの権利を彼が守ったことなどで、かき乱されるほどでもなかったはずだった、手回しオルガン弾きが聞いたことのある曲を別の場面に合わせなかったなら。だがその手回しオルガン弾きは今、彼女のために再現していた。彼女が欲しいものを何も獲得できなかった、彼女が欲しがる気持ちに何の返事もかけてもらえない、その別の場面を。

手回しオルガン弾きはカルメンの曲を流して邪悪な魔法使いのように彼女を子どもの頃に容赦なく引き戻した。自分とほとんど同じくらい大きいイースターエッグを取って欲しいと父親にせがんだとき、父はいらいらしてこう言った。「なんてバカな願いごとをするのだろうね！」 あるいはまた彼女が父の瞼にキスをさせてと言ったとき、彼は娘をあざけり笑った。そしてまた父が旅に出発する日に彼女が泣いて悲しがったものだから、父はこう言った。「これしきをこんなに大ごとにする、この子のことが分からないね」と。

今ランゴは同じことを言っていた。「ぼくの散髪ができないからって、そんなに悲しがるあなたのことが分からないね」と。

彼は大きな腕を広げて彼女を一瞬でもかくまうように抱いて、こう言えないものだろうか。「それは無理なんだよね、その権利はゾラのものだからね、でもぼくは分かっているよ、あなたがどんな気持ちになるか、ぼくのことを妻として世話をやきたくて、だからくじかれてしまうあなたの気持ちがよく分かるよ……」と。

彼女は言いたかった。「ああ、ランゴ、勘違いしないように用心して。愛情は決して自滅するものではないの。愛の源に燃料をくべるすべを知らないと愛は薄らいでいく。無知と錯誤と背信によって愛は枯死する。病気になったり、痛手をうけると愛は滅びる。倦怠から衰え変色して愛は死にいく。愛は決して自然死するものではないの。愛する者同士どの人も裁判へ引き出されて然るべき、自分の愛情を自らの手で殺めた犯人なのだから。あなたが感情を害したり悲しんだりすると、わたしは駆けつけて、そうさせるものを避けて変えていく。あなたらしく思えるようになるように、でもあなたは苛立ちながら背を向けてしまう。『ぼくには分からないな』と言いながら」

人間同士のあいだで起こる一場面は決して一つではありえない。川が支流をともない幾つも交わるように、人生のいろいろな場面が一点に集まる。この一場面には、ジューナの気まぐれが拒否されたという場面以外に何の場面も含まれていないと、ランゴは信じていた。

この一場面には、今までに否定されてきたジューナの数々の願いのすべてが一点に包含されているのをランゴは気づかなかった。これらの願望はみなあらゆる方向から飛んできて、この交差点で集り今一度、分かってほしいと、懇願する。

この場面を背景に、オーケストラ席で手回しオルガン弾きがカルメンの曲を奏でている間中、呪文にのって呼び出されるのはハウスボートのこの部屋だけではない、またランゴとジューナの二人だけでもない。次から次へと続く数々の部屋と大勢の人間で組まれた行進なのだ。さまざまに似かよった小さな失敗や挫折の繰り返しを丸ごと全部含めて壮大な容積になるまで蓄積しながら、手回しオルガン弾きの奏でる伴奏がそれらを統合し、多数の不当な仕打ちへと凝縮させた。音楽はその圧縮された心を膨らませていきながら、ノアの箱舟とて、かつて一度も差し向けられた試しが無いような不公平で満ちた、うねる潮の波を創り上げていくのだった。

火はたかだかと燃え上がり、二人の目には火の踊りが楽しげに映り揺れていた。ランゴのなかでは、二人の喜びを壊してしまうという突然の衝動に駆られることがよくあるので、ここへきてまた難しい事柄がおこる予感を感じながら、ジューナはランゴを見ていた。二人の至福の時間が今という現在の光り輝く島でありえた試しは一度もなかった。むしろ彼女の過去の生活に関して、ランゴの回想を刺激してしまうのだ。彼女の抱擁のやり方は以前の他の誰かに手ほどきをうけたのだろうとか。以前いつかの夜に、以前どこかの部屋で、そこで彼女は微笑んでいたのだろうとか。だから二人して充実の絶頂にあっても、ジューナは少し身震いして、また二人が苛むことに陥るのではないかと不安に思ってしまうのだった。

今夜その危険は思いもよらないことからはじまった。二人で好みの画家について話していたとき突如ランゴはこう言い出した。「思うにあなたは、ジェイが素晴らしい画家だって確信していたってことでしょ」

ランゴの当て擦りや冷やかしから友人ジェイを守ろうとすると、ランゴは決まって嫉妬を露わにした。でも一人の絵描きについての一つの意見として支持するなら、こういう危ない誤解ぬきにランゴへ伝わるとジューナは思っていた。

「もちろん、あなたはジェイを擁護したいのだろうね」と、ランゴは言った。「彼はあなたの昔の人生や価値観の一部だったろうからね、ぼくがそれを変えるのは無理だ。でもさ、今はぼくが考えるのと同じように考えてほしい」

「だけどランゴ、あなたを喜ばせるためだけに自分の意見を取り消すような人をいいと思えるの。それって偽善でしょ」

「あなたがジェイを画家として一目おいていたのは単にポールがジェイを尊敬していたからにすぎない。ジェイはポールにとって絵画のヒーローだったからね」

「ランゴ、わたしはあなたに何と言えばいいのかしら？　わたしはあなたのものだっていうことをどうやれば証明できるのかしら？　ポールはもう遠くへ行ってしまっただけでなくて、お互いのために、わたしたちは二度と会うことは決してないのよ。わたしは彼とすっかり縁を切ったわ。それに彼のことはもう忘れているのよ、あなたさえそうさせてくれれば。むしろあなたがいつもポールの存在をわたしに持ちかけてくるのよ」

こうしたとき、ランゴはもはや惚れ惚れする熱烈で温かくて度量のある、思いやりのある人ではなくなる。彼の顔は怒りで影ができ、荒っぽい身振りをしてみせた。彼のことばは曖昧ではっきりしなくなってくるので、怒りの嵐の原因を明かす鍵なるフレーズを受けとめることができなくなっていた。それが彼女に分かれば、嵐を和らげ、そらせることができるものを。

不公平な場面での、じわじわと長引かせる剣幕に彼女は圧倒された。現在を破壊するためになぜランゴは過去を持ちだすのだろうか。なぜ彼は故意に苦しむ種を探し求めたりするのか。

彼女はさっとテーブルから離れるとデッキに上がっていった。彼女は錨用の鎖の近くに腰をおろした。辺りは真っ暗だった。雨が降り注いだが彼女は気づかず、当惑した気持ちのなかでうろたえていた。

その後すぐ、彼女は横にランゴが来たのを感じた。「ジューナ、ジューナ！」

彼は彼女に口づけをした、雨と涙と彼の息がまじりあった。彼のキスはあまりにも絶望的で彼女はとろけるように感じた。まるでさっきの喧嘩が一枚一枚皮を剥ぎ取って、最後にむき出しの神経に似た芯を残したようだった。だからキスは強められ激化した、あたかも痛みがさらに強烈に突き通す歓びのために鋭敏な切り込みをつくったかのようだった。

「わたしに何ができるの？」彼女はつぶやいた。「わたしに何ができるの？」

「ぼくは嫉妬している、あなたのことが好きだから」

「でもランゴ、あなたが嫉妬する理由はないわ」

まるで彼の疑心暗鬼の病に二人して患い、二人して治療方法を探しあぐねているようだった。

これは彼女にしてみれば、こう言ったらどうなのだろうか、と思ってみた。「ジェイは下手な画家よ」と。見え透いた撤回の馬鹿げたことばがけにすぎない、こんな芝居をランゴはすぐ見抜くだろう。けれども彼の信頼をどうやって取り戻せるのだろうか。彼の身体全部が安心させることばを懇願していたけれど、彼女のすべての愛情でも十分でないのなら、彼の疑念を晴らすために、彼女は他に何を差し出せるだろうか。

二人が部屋に戻ると火はもう下火になっていた。

ランゴは落ち着かなかった。彼女が捨てようと思ってゴミ箱のよこに積み上げておいた本にランゴは気がついた。彼は刑事のように一冊一冊、手に取ってなかを調べた。

彼女が捨てようとしていた本を置いて、今度は本棚に整然と並んだ本の方へ向かった。

彼は無作為に一冊を抜き出して、その本の巻頭の白紙ページに書かれた文字を読んだ。

「ポールより」

その本はジェイについての一冊だった、彼のいろいろな絵の複製付きで。

ジューナは言った。「気が済むなら、その本も他の本といっしょに捨ててしまえばどう?」

「全部燃やしてしまうさ」と彼は答えた。

「燃やせば？　ぜーんぶ」と彼女は嫌味を込めて言った。

彼女がこう言ったのは彼を苦しめている嫉妬心に平安をもたらすというだけのためではなく、今回のような状況に、心の準備をしておく何かを教えておいてくれるような内容が無い本の山に無償に腹が立ったからだった。ここに並んだ小説のすべては、人物の性質や曖昧な意味やごたごたした混乱やよく知られていないことについて入念に隠してある。ことば、ことば、ことば、でも人間がはまってしまった我が身に気がつく落とし穴や奈落の底のことはいっさい露呈すること無しに。

本全部を彼に燃やさせてやろう、本全部はそうなる報いに値した。

（ランゴは、ポールと共にしたわたしの人生の一瞬一瞬を燃していると思っている。本当のことを抜きにして本質的なことも抜きにしたことば。人間のなかのむき出しの悪の手を抜きにして、無知と過ちに付け加えられたことば。そういうことばのかずかずを彼は燃やしているにすぎないのだ。小説は経験することを約束しておきながら、結局は周辺的なところにとどまって、見せかけやだまし絵や仮装服や嘘を伝えてくるだけ。知の源泉を彫り出すことはせず、人生の難局や陥りやすい落とし穴やいさかいや罠に対して、誰にも心構えをさせることなしに。何も教えないで、何も明らかにしないで。真実も現実も、自分の意思を実現するための直接的な身の振り方も、どれも隠しながら。彼に本一冊残らず燃やさせてやろう。ひとりぼっちでいる夜の奈落の底で男と女の間で起こる無慈悲な事柄について、熟知されたことを何もかもはだかにしてみるのを回避した世界中のすべての本を。そういう本に見られる抽象概念やはぐらかしは、絶望のこの時々に対するよろいかぶとにはなりえなかったではないか。)

この本を焼く原始的な焚火にあずかりながら、その火を彼の傍らに座って彼女は見つめていた。新しい人生への先駆けとなる儀式の一つだった。

このままもし彼が悪意をもって破壊し続けるのなら、不毛な島のようなところへたどり着くかもしれない。お互いが最終的な憑依《ひょうい》とするところへ。そしてランゴが断固要求したこの絶対的な状況は、交わった男と女、二人から一体となった姿を彫り上げるためにすべてのうわべを削ぎ落すことであり、彼女からすれば願っても無いことだという気がした。限りある結合として、愛の熱情やじっとしていられない愛情すべてへの取り返しのつかない最終の結果として、おそらくそういうものとして彼女には思えた。愛し合う者同士にとって二人の周りの世界を破壊することをいとわない完璧な結合がおそらく存在していた。二人の関係を壊すもとになった原因は二人を取り巻く世の中だとランゴは信じて疑わなかった。二人のそれぞれの心にどんなに隔たりがあるかを、ランゴにこれでもかと見せしめた、燃したこれらの本がいい例であるように。

それで二人の心を融和するためには、少なくともランゴにとっては二人の違いをぶっ壊すことが必要だった。

それで二人にその過去を燃やさせてやればいい、彼はその過去が二人の脅威なのだと考えているのだ。

彼はポールのイメージを追い立てていた。ジューナの心のなかにあるもう一つの部屋へ、ランゴが住んでいる部屋とは通路なき隔離された部屋へ。人目につかない奥まった部屋、永久《とわ》の愛が流れる部屋、ランゴが住む領域とはあまりにも違う、決して出会うこともぶつかることもない領域、この広大な内面都市のただなかの。

「心臓は……一つの臓器であり……二心房二心室からできていて……内壁が右と左、上下に二小室ずつに分かれて、その間に直接的な交信は不可である……」

ジューナとポールが共に読んだ本をランゴが火あぶりにして皆殺しにしたときに、ポールのイメージは追われて、やさしさの部屋に隠された。

(ポール、ポール、これがあなたが決して求めなかった権利の要求なのよ。あなたが決して露わにしなかった熱情というものなのよ。あなたは余りにも冷静で軽やかで、つかまえどころがなくて。それにわたしを包み抱えてくれるあなたに、わたしをぼくのものだと強く求めるあなたを感じたことは一度もなかった。あなたに言ってもらいたかったことばをすべてランゴが言っているのよ。わたしを抱いているときでさえ、あなたはぴったりと密に接してはくれなかった。遠い異国でことばが通じない外国の女性を抱くように、あなたはわたしを抱いた。黙ったままよそよそしくあなたはわたしを抱いた……）

ランゴが眠りにつき、情炎をおこさせる灯りの油も燃え尽きたころ、ジューナはまだまんじりともせず目を開けたまま、彼の荒々しい声の残響に動揺しながら横になっていた。ランゴの自信というのは毎日あらたに再建されねばならないということ、こういった精神的な弊害は愛や献身によって治らないということ、悪の魔力は根幹にあって、明らかに症状を和らげることに身を捧げる人たちは、治癒の望み無い仕事、終わりの無い仕事を引き受けるのだということを、ジューナは分かっていた。

ランゴが一番よく口にしたことばは厄介ごとだった。

彼はグラスを割ってしまう。ワインをこぼしてしまう。煙草の火で机を焦がしてしまう。やる気を溶かしてしまうほどワインを飲む。計画話をはぐらかす。ポケットを引っ掛けて破いてしまう。ボタンを必ず無くしてしまう。櫛を壊してしまう。

彼はこう言った。「扉のペンキを塗っておくよ。灯りの油を足しておくよ。屋根の漏れを修繕しておくよ」と。

彼はこう言った。「ここ数カ月は自慢できるような手柄をね、命をかけて達成してみせるからね」と。そして何か月も過ぎた。扉は塗装されないまま、ランプの油はきれたまま、屋根はあいかわらず漏れっぱなしだった。

そう言ってから、さらにもう少し赤ワインを飲んで、煙草に火をつけた。彼の両腕は脇にだらりと垂れて、彼女の横に寝転がると彼女を抱いた。

二人して店に入ったとき、ハウスボートの跳ね上げ戸に必要だった南京錠を見つけたジューナは言った。「これ買っておきましょうよ」と。

「いや、やめよう」ランゴが答えた。「他でもっと安いのを見たことがあるから」彼女は買うのをやめた。翌日彼女はこう話した。「安い南京錠が売っているって、あなたが言っていた店の近くにこれから行くので、どこなのか場所をおしえてちょうだい、わたしが買ってくるわ」

「いや、」ランゴは言った。「ぼくはそこへ今日行くのだよ。ぼくが買ってくるから」

何週間が過ぎた、何か月も過ぎた、そして跳ね上げ戸の南京錠は掛けられることがなくて、二人の所持品は無くなり続けた。

二人の愛の証として子宮のなかに子どもは創造されていなかった、ひとりの子どもも。ただそこには、夥しく破られた約束や日ごとに流れた願いごとや場違いで読まれなかった本が、屋根裏部屋に散乱していた。

ランゴは彼女にただ激しくキスをしたかった。熱く語りたかった。底なしに飲みたかった。そして朝遅くまで眠っていたかった。

彼の身体はいつも熱狂していて、彼の眼はぎらぎらと輝いていた。夜明けとともに、まるで鋼鉄の鎧をつけて神話愛好家のような十字軍みたいに出かけて行くのだった。

聖戦はカフェでの活動だった。

ジューナは笑いたかった。彼のことばを忘れたかった。けれど彼女が笑うのを忘れるのもランゴは許さなかった。夜に彼が創り上げた自画像のイメージ、彼の念願や熱望のイメージを彼女は覚えておくべきだと言い張った。毎日彼は彼女に夢想でできた真新しい蜘蛛の巣を差し出した、そして彼は彼女にその夢想を掲げて出帆してほしかった、二人のハウスボートを偉大なる港へと帆走させてほしかった。

彼女は笑うことを許されなかった。時として彼女はこの夢想を放棄したくなって、何一つ創り出さないランゴを受け入れる気になって冗談にこう言った。「最初に会ったとき、あなたは浮浪者になりたがっていたわ。だからわたしを浮浪者の妻にすれば」と。するとランゴは凄く不機嫌に怒った顔つきをして、もっと厳しい宿命を思い起こさせて彼の目標を下げたり、負けてしまう態度を叱った。ランゴが自分と彼女に誓った約束ごとを、彼に思い出させる役を彼女が担うべきだという彼の欲求を頑なに曲げようとしなかった。

この強い主張は、もう一人のランゴが抱く夢についての、ジューナの共感の琴線に触れた。彼のことばと彼自身による理想の自画像に彼女は惑わされていた。彼は彼女を守護神のみならず彼の理想を監督指揮する人として指名したのだった。

彼女は時々もっと人間らしく近づきやすい領域、のんきでいられる世界に推移したいと思った。彼の羽目を外したカフェでの時間や愉快な友だちとの付き合いや、ジプシーたちと過ごした以前の暮らしや気苦労のない冒険的な賭けやらを羨ましく思った。酒場の仲間たちと彼がセーヌ河を歌いながらボートを漕いで、自殺をしようとしている人を探し回って救出した夜。遠く離れた何ていう所か名前もわからない市街地区のベンチの上で彼が目覚める朝。どこかのトラックが彼を乗せて運んでくれたパリの遠く外れで、見知らぬ人たちと交わす夜明けの長話。けれども彼女はこの世界に入ることは許されなかった。

彼女の存在感は、彼の若いころの志を強引に行使する人間を彼のなかに突然呼び覚まさせた。彼のなかで失われた男らしい人格が行動となって自分の権利を主張したがった。彼がジューナの愛を獲得したことで、彼は自分がばらばらに崩壊する以前の自己を再び取り戻したと思っていた。はじめてのときは手にできなかった女性、彼のはじめての理想の女性を思い出させたからだった。彼が最初に憧れた女性と正反対なゾラ、ゾラと結婚したことで完全に手放してしまった理想の女性。

彼を大混乱と破滅、放蕩生活に追いやったゾラを彼が選んだことでなんという遠回りを彼は強いられたことか。

でもこの新しい恋をして新しい世界の可能性が広がっていた。最初彼が到達しようとしてし損ねてしまった、ゾラと一緒にいるせいで摑み損ねた世界が。

時には彼はこう言った。「一年前、僕がボヘミアンだったなんて考えられる?」

彼の自尊心、リーダーシップをとりたいという心理的要求、歴史的重要人物をまねて生きる若いころの野望といった、真骨頂の彼自身の源泉に彼女は予期せぬうちに知らず知らずと接していた。

彼の無秩序と破壊性にも拘らず、彼の人格の中核は人間的で純粋さを維持できたのだから、彼の過去の人生が彼を堕落させたのではない。彼の激動の人生によって彼の意志の源泉、本来の彼らしさの源泉はおそらく壊され続けてきたのだと、ジューナはそう思うときがしばしばあった。

愛はどれだけ成し遂げていけるものだろうか。彼が経験してきた失敗や辛いことや裏切られたことや馬鹿にされたことから出る毒素を、彼の身体から愛が抜き取ることができるだろうか。何年にも及ぶ生活力の消滅や希望の放棄によって砕けてしまった、この一つの壊れたばねを愛は元に戻すことができるのだろうか。

自分以外のもう一人に対する穢れのない損なわれていない根本的有徳への愛は、やさしいそよ風を送り木々をそっと揺さぶり抱きしめて、泉に喜びを満たし哀しみを消滅させ、復活と再生へのあらゆる兆しを実らせることができたはずだ……。

彼は自然そのもののような人だった、素晴らしい、激しい、時として無慈悲で。彼は自然がもつすべての雰囲気を共有していた、美しさ、弱々しさ、荒々しさ、そして、やさしさ。

自然は確かに混沌なのだ。

「山々の奥高く登っていくとね」ランゴはよくこう語り始めるのだった。彼が恥じ入っている昔のことには一斉触れず、彼の好きな昔話の続きを繰り返し話して聞かせたいかのようだった、「モンブランより二倍の高さのある山に登るとね、万年雪を冠する頂上のど真ん中に、黒い大理石のように磨かれた黒い火山岩で囲まれた木陰の中に小さな湖があるんだ。インディオたちは山に登ってそこを訪れるんだ、湖面にひろがる霧の蜃気楼を見るために。この湖でぼくが見たものは熱帯の景色だった、強烈に熱帯的だった、椰子の木、熱帯の果物に熱帯に咲く花々だ。あなたはぼくにとって熱帯そのもの、オアシスだ。あなたはぼくに我を忘れさせる、と同時に、肉体的にも精神的にも力を与えてくれる」

(愛が我を忘れさせるというのは逃避ではない。男性と女性が深く受胎を交えるときの、目覚める重大な夢が、その愛のなかに潜伏しているからである。共に横たわり生命のエッセンスを交えている男女からは、いつも何かが誕生している。情熱の土壌のなかにいつも何かの種が蒔かれ芽を息吹く。欲望から立ちのぼる蒸気が人間の誕生を産み出す子宮であり、抱擁に酔う夢中のなかで歴史と科学と哲学を生じさせる。女性が縫物をしたり料理をしたり、慈しんで抱き覆い守り温めるとき、彼女を愛して抱く男性は単に男としてのみならず、夢に見た神話の名士であり英雄であり発明者であり建造者になる人なのだと、憧れをもつものである……女性が匿名の売春婦でない限り、免責を携えて彼女を抱く男性など一人もいない。何故なら、男と女の種なるものが混ざり合い血潮のしずくがしたたるなかで営まれる変化は、身体と性格の特徴が父親から息子へ、そして孫へと受け継がれる、継承という幾つもの大きな川が流れる様と同じように偉大なことなのだから。鼻のかたち、手の大きさ、声の調子、目の色を似てつくる同じ細胞は経験の記憶も伝承する。継承がつくる川の支流の偉大な流れは子孫に遺伝を促し港から港へと夢を運んだ。継承の実現に至るまで、そして今まで生まれたことのない新たなさまざまな自己を産み出すまで……暗いなかで男女が交わるときに何が生まれるか分かっている男も女もいない。子どもたちが生まれるだけではないということも分かっていない。目に見えない誕生が何と多くあることか。精神と人格が取り交わされ、知られざる自己が満と花開き、隠されていた宝物が、埋もれていた夢想が解放されるのだ……）

こういった考えがジューナの意識の表面に浮かび上がってくると、ランゴとジューナの間で合わないところがはっきりとした。こういう考えをランゴと語り合うのは無理だった。

彼は彼女をちょっとばかにしたように笑って言った。「神秘主義的なたわごとだな」

ランゴが薪を割り、火を起こし噴水へ水を汲みに行き、エネルギーと元気に溢れ純然たる信念と喜びをともなった笑顔で微笑む日には、ジューナは感じたのだ、素晴らしいことがきっとはじまると。

だが次の日、彼はカフェに座ってごろつきのように高笑いしていた、そんな彼を見ながら通り過ぎるとき、ジューナは別人のランゴを突きつけられた。お酒に酔って空威張りで酒場に立ち、頭を逸らして目はつぶったまま笑いながら、ジューナのことを忘れ、ゾラのことを忘れ、政治と歴史を忘れ、家賃の支払い、買い出し、契約、会う約束、友だち、医者、薬、楽しみ、街、彼の過去、彼の将来、彼の現在の自己を忘れる、一時の健忘症でということにして。すると次の日は、気が落ち込んで、ぐずぐずして、自分自身に怒りの矛先を向ける彼の怒りそのものに毒され、世を恨み、空模様に、ハウスボートに、本に愚痴を言い、周りのものすべてに腹を立てた。そうこうして三日ほどたつと、また別なランゴ、荒れて不安でむっつりして、あのヒースクリフ［エミリー・ブロンテ作、『嵐が丘』で復讐の鬼として描かれる主人公］のように何もかもを破壊した。そんな日はひとしきり飲んだくれた翌日で、ゾラと喧嘩をしたりハウスボートの夜警といざこざをおこした。カフェで口論になって顔に傷を負って帰ってくることもしばしばあった。彼の手は震え黄色っぽい目をぎらぎらさせて。彼の吐息からジューナは顔をそむけたかったが、彼の温かい太く低い声が彼女を向き直させた。そんな彼が言った。「ぼくは厄介なことを起こしてしまった、ひどく面倒なことを……」

風が強い夜は、よろい戸がハウスボートの壁を打ち付けた、巨大な信天翁《あほうどり》の骨ばった翼で叩きつけるような音を出して。

ベッドが置いてある向こう側の壁に川の細波が激しく打ち寄せていて、二人には白カビに覆われた側面にひたひたとあたる波の音が聞こえていた。

ハウスボートのなかの暗闇のもとで、船の梁がきしみ修理していない屋根から雨水が漏れてきて、階段に響く足音がいつもより大きく険悪に聞こえてきた。今夜、川は向こう見ずで怒り狂っているようだった。

こういう荒っぽい雰囲気の変化は二人の抱擁に立ち込める熱気に対抗してくるようだっ

た。そんなとき、ハウスボートは新たな人生を創り出す神秘に包まれた庵、魅惑の隠れ家であることを止めてしまう。爆発寸前のダイナマイトが入った荷を積んだ船のように、押し込められた怒りで一杯になった現場となるときだった。

ランゴがもつ世間への怒りと闘いが毒と化したからだ。何もかもうまくいかないのを世のせいにした。ゾラが生まれながらに貧乏だったことも、彼女の気がふれた母親や家を出て行った父親のことも世の中のせいにした。彼女が栄養失調で病気がちだったことも早熟な結婚だったことも世のせいにした。彼女の病気が良くならないのは医者が悪いと責めた。彼女のダンスの才能を認めないのは大衆に見る目がないと責めた。彼らの家賃を大家は免除してくれてもいいじゃないかと責めた。彼らは貧乏で慈悲を受ける権利があるのだから、食料品店も彼に支払いを取り立ててくる権利はないのだと店を責めた。

漕ぎ船をつないでいる鎖が波で離れたり戻ったりする大きな音がした。猛威を振るう冬のセーヌ河、橋から身を投げる自殺者たち。老いた夜番の男は肩に担いだ二つの桶をばんばん鳴らしながらハウスボートから渡した歩み板を飛び跳ねながら階段を降りて行く。汲み出さないものだから水があっという間に船倉に溜まり出し、湿気で靴や着ているものが縮んだりシミになったりした。修繕していない床に空いた穴を通して、水面が川の目のようにぎらりと光って見えている。罠に掛かった動物の足のように椅子の脚がその穴に落ちたままになっていた。

ランゴは言った。「母さんが昔ぼくにこう言うんだ、ピアノをどうやって弾けるようになると思うのよ、あなたは野蛮人の手をしているのに」

「違うわ」ジューナは答えた。「あなたの手はあなたそのものよ。三本は力強くて獰猛な感じね、でも、もう二本はとてもきゃしゃで繊細でたおやかだわ。あなたの手は本当にあなたにそっくりだわ、険しくて激しい気性の芯はやさしいのよ。信じられるときは穏やかで繊細なあなた、でも懐疑心が立つと険悪で破壊的なあなたになる」

「ぼくはいつも反逆者のスタンスをとってきた。昔、生まれた故郷でね、警護班の部長に任命されたとき、インディオの村人たちを脅迫して怖がらせている山賊を捕まえに武装隊を率いて山に入った。そこへ着いたら、ぼくはその山賊と仲良くなってトランプをして一晩中飲み交わした」

「愛を信じる気持ちを殺してしまったのは何だったの、ランゴ？　裏切られたことはなかったのでしょう」

「ぼくとつき合う前にあなたが愛した誰をも受け入れられない」

ジューナは黙っていた。過去への嫉妬には、もう根拠が無いと考えていた。最も深い占有という関係と抱擁は心の屋根裏部屋に保管されていても、灯りに照らされた明るい現在の部屋に入り甦る力強さはもはや無くなっていると考えていた。それらの過去の関係は、うす暗く埃にまみれ包まれて置かれていた。そして昔への連想が懐かしい感覚を呼び覚ます結果になっても、それは一時のこと、こだまのように断続的で束の間のもの。人生は流れて行く、どうしても拭い去ることなどできない経験もいつかは見えなくなるステュクス［ギリシャ神話の冥府を流れる川の名］の三途の川におぼろげにかすんでいき、おし黙る。身体には核心部と周縁部があり、不思議な方法で侵入者を一人残らず外側のへりに留まるように維持できる。昔の恋人の再出現、その影のような侵入から今の時点で百万という細胞が、心から愛する人の核心を守る。

過去を追い払うには生き生きした一生懸命な現在に勝るものはない。

だからランゴが侵入者を見つけようとポールと戦おうとして、ジューナの昔の思い出を根掘り葉掘り詮索し出すときはいつも、ジューナは笑いながら言った。「だけどあなたの嫉妬心って死体愛好みね！　お墓を掘り起こしているもの！」

「でもね、あなたは死人の恋人をもつなんてね！　花を持って毎日墓参りとはね」

「あら今日は墓地には行っていなかったわよ、ランゴ！」

「あなたがここにいるときはぼくのものだって分かっているよ。でもあの小さい階段を上がってハウスボートの外に出て足早に歩き出したら、あなたは別世界へ入って行って、もうぼくのものじゃなくなるんだよ」

「でもそれはあなたも同じことよ、ランゴ。あの階段を上ったら、あなたは別な世界の人、わたしのあなたではなくなるわ。あなたはゾラのもの。それからあなたの友だちやカフェや政治のものになるわ」

（どうして彼はすぐに裏切りだとか言ってわめくのだろうか。一つとして同じ抱擁などあり得ないことなのに。すべての恋人はその人の真髄が満たされるまで新しい恋人を抱くのだ。二人の本質はその二人だけのものである。一度として同じ情趣が繰り返されることはないのだから……）

「ぼくはあなたの耳が好きだよ、ジューナ。華奢で可愛い耳だ。あなたのような耳をずっと夢にみてきたのさ、ぼくは」

「耳を探し求めて、それでもってわたしを見つけたのね！」

彼は心底笑った、瞼が合わさって猫の目のように細くして笑った。彼がこうして笑うとほお骨が一層ふっくらとして、ずいぶん堂々としたライオンのように見えるときがよくあった。

「この世界でひとかどの人間になりたいと思っている。火山の頂上で生活していたのだ、ぼくの家族は。あなたはぼくの力を必要とするかもしれない。ぼくはあなたを守りたいのだ」

「ランゴ、わたしはあなたの人生を理解しているわ。あなたはすごく気力のある人よ、でも何かがあなたを邪魔している、妨げている。何なのそれは？ あなたの爆発的な気力が生かされない。あなたが無関心や無頓着を装っても向こう見ずなふりをしても、あなたが心の底では関心を持っているのがわたしにはよく分かるわ。あなたは時々あのピョートル一世［ロシア皇帝　一六七二―一七二五］のように見えるわ、難局に対して弱者を救い敵を突撃し都を築いた。どうしてあなたの内にある強力なスピリットをワインで紛らわせてしまうのかしら？ 創造するのをどうしてそんなに怖がるの？ 行く手を阻む障害物をどうしてあんなに沢山はびこらせるの？ あなたの強さを自分で台無しにしてしまう、無駄にしてしまう。あなたは物事を構築していくべき人なのに……」

彼女は彼にキスをした、彼を理解するために秘められたランゴにキスをした、そうすればその彼が浮かび上がり見えてくるかもしれないから、手を伸ばせば届くかもしれないから。

そうすると、めったに表に出さない彼の振る舞いをことばで露わにし、彼女の心を締めつけた。「無駄だよ、ジューナ。ゾラもぼくも運命の犠牲者だからね。ぼくはやることなすこと失敗してばかりなんだ。ぼくは運が悪いんだ。みんなぼくの家族とか友だちも、みんなさ、ぼくをひどい目にあわせるんだ。何もかも狂ってしまった、何もかもみな無駄になってしまった」

「でもランゴ、わたしは運命なんて信じない。あなた自身が見つけ出すのよ。そしてあなたが変えていける性格の内なる型というものがあるはずよ。わたしたちが宿命の犠牲者だと信じるのはロマンチストだけだわ。それに、ロマンチストにいつも反対だと意見しているのはあなたじゃないの」

ランゴは苛立って激しく頭を振って言った。「人は本性には逆らえないさ。人はあるがままだよ。本性はコントロールできない。人はある性格を持って生まれてくる、それを運命だと言いたいのなら、君の言うように、でもどうすることもできないよ。性格は変えられないのだよ」

彼はこういう本能的な解明や直観のひらめきをすることがあった。しかしそれらは嵐の空に走る稲妻のように途切れ途切れで、そうこうしてまた彼は何も見えなくなってしまった。

彼のなかで時々燦然と輝く善良さは洞察ぬきの善良さだった。やさしさから怒りっぽくなる変化に彼自身気づいていなかったし、彼の暴力的な爆発を防ぐような分別さえ呼び出すことができないでいた。

そういった変貌ぶりがジューナは怖かった。彼の表情はあるときは端整で人間的で親しみ深かった。しかしあるときは歪んで残忍でとげとげしい顔つきだった。何がそう豹変させるのか知りたかったし、そのせいで引き起こされる大破壊を未然に避けたいと彼女は思ったが、彼は理解力を示す努力のすべてから巧みにするりと逃れるのだった。

ジューナは自分の昔のことを何ひとつ彼に話さなければよかったと後悔した。過去の話をするのを駆り立てたのは何だったのか彼女は覚えていた。あれはまだつき合い始めたころで、ある晩彼がもたれかかって囁いた。「あなたは天使だ。あなたが一人の女性として抱かれるのは信じがたいな」それから彼は一瞬彼女を抱きしめるのを躊躇した。

それは違うと、すかさず訂正した、しきりにそれを否定した。他の女性たちが実は悪魔だということが表立つのを恐れるのと同じくらい、ジューナは彼女が天使だといわれるのをひどく恐れたのだ。天使だというのは本当ではないと思うし、みんなと同じように内に悪魔がいたし、ただ厳しくそれをコントロールしていたのだ、絶対に害をおよぼさないように。

天使だというイメージは、世俗的な繋がりを持っていたいという彼女のなかの女性像を覆い隠してしまうのでないかと不安にもさせた。天使は彼女にとって最もつまらない仲間なのだった！

ジューナらしく彼女の過去を語るなら、「わたしは女性です、天使のような女性ではありません」となるだろう。

「じゃあセクシーな天使っていうのは」と彼は譲ってみせた。しかし彼がはっきり示したことは、彼女の貞節に対する彼の疑惑がもとになっている上で、彼女の衝動への従順さや色恋への度量や彼女自身の才たけたところだった。

「それならあなたはヴェスヴィオ山［イタリア南部にある活火山］というところかしら」笑いながら彼女は答えた。「思慮深くあることや、打ち勝っていくことや、変えていくことなどについて、わたしが話そうとすると、あなたはいつも地震のように怒りだすでしょ。

運命は変えられるということをあなたは全く信じない人なのね」

「マヤのインディオは神秘主義者ではない、汎神論者だ。大地が母なのだ。母と大地は一言で表される。インディオが死ぬと墓のなかに本物の食べ物を一緒に入れて弔い、死後も食べさせたいと願った」

「象徴的な食物は本当のご馳走ほど美味しくはないでしょうに！」

（彼は大地そのもののような人だから嫉妬深く独占欲が強いのではないだろうか。彼の怒りは大地のものだ。彼のがっしりとした身体は大地から生まれ出た。鉄でできている彼の両膝は野生の馬の脇腹を足で蹴ってこんなにも頑丈になっている。彼の身体は大地の臭いがする。香辛料の臭い、ショウガ、チャツネ、ムスク、スペイントウガラシ、ワイン、アヘン。彼の首は銅像のように滑らかにできている。彼の頭はスペイン的放漫さとインディオ的な柔和さを醸し出す。彼には動物のぎこちない優雅さが備わっている。彼の手足は人間というより動物の手足のようだ。すばしっこく走る猫を捕まえようとする彼は猫より速く走って追い抜く。彼はインディオの男のようにしゃがんでから堅強な脚を伸ばして飛びかかる。笑うと彼の高いほお骨が膨らむのを見るのがわたしは好きだ。眠っていると彼の女性のようなチャコール色をした長いまつ毛がくっきりと際立つ。鼻は丸くて陽気な感じで、いろんなところが力強くて同時に色っぽい。ただ口元は華奢でシャイなのだ。）
ジューナが信じていたのは、ランゴの燃えるような活力と強さは火山のように爆発して、彼にとっても彼女にとっても自由をもたらすということだ。彼のなかの熱き活気は彼を縛りつけているあらゆる鎖を焼き尽くすだろうとジューナは疑わなかった。でも熱烈な心意気も方向性は持たねばならない。彼の活力はやみくもに動く。しかし彼女には見通しがきく。そんな彼女が盲目的な彼を助けてやれるだろう。

肉体的なバイタリティにもかかわらず、彼は頼りないところがあり拘束されてこんがらがっている。彼は火を起こし部屋を燃やすことはできても、彼にはまだ物事を構築することができないでいる。彼は生まれ持った気質のままに縛られながらやみくもにしか行動できない。自分でも計り知れない自分の手の力で持っているものを力まかせに壊せるけれども、その力でものを作り上げることができなかった。彼の内面の無秩序な混乱は彼の身体を縛る鎖となっていたし、人は持って生まれた本性のいいなりで、見当のつかない衝動によって破壊へと不可避的に誘導されるものだというのが彼の確信だった。

「どんな人生にしたいの？」

「革命、毎日が」

「どうして、ランゴ？」

「ぼくは強暴なのが好きだ。身体を張って思想と取り組みたい」

「男たちは裏切られる認識に毎日死んでいる、裏切られる先駆者に、根拠のない理想に毎日死んでいる」

「しかしね、愛も裏切るじゃないか」ランゴは言った。「ぼくに信条はない」

（ああ、なんていうこと、ジューナは思った。人間愛のための個人的なこの闘い、破壊に反旗をふって、この闘いに勝つ力がわたしにあるだろうか？）

「ぼくは独立が必要なのだ」ランゴは言った。「野生の馬も独立が必要なのと同じようにさ。誰とも何かとも関係をもちつつ自分を役立てるっていうのがぼくにはできない。どんな規律も受け入れられない。規律というだけで意欲をなくしてしまうよ」

眠っている最中も彼の身体は落ち着かなくて重々しく熱っぽい。ブランケットを投げ出して丸裸で横たわり朝になると寝床は戦場のように見えた。彼の夢のなかで彼が遂行したたくさんの闘争、睡眠中にもなんと荒れ狂った人生か。

大混乱が彼の周りを取り巻いていた。彼の着ているものはいつもどこか破れている。彼の本はしみがついてよれている、書類は失くしてしまう。彼の所持品はあっちこっちに散らばって時おり無くなっているのに気がついた。ジューナに見せたかったものや、未払いになっている賃貸料の担保として下宿屋の地下室に保管されているものだったりした。
彼のなかですべての小さい炎のような激情が一斉に燃えていた、聖霊による聡明な熱情は抜きにされて。

ジューナは嘆かわしく思った、ランゴがそんなにも戦争に行きたがっていることに、彼の思想のために闘い死んでも本望ということに。女たちがしたように感情に動かされた間違いのために、生きて死ぬことに常に彼はやぶさかではないのだと彼女には見てとれた。ただしかし、たいていの男たちがするようにランゴも感情に動かされた間違いとは呼ばずに、彼は歴史、哲学、形而上学、科学と呼んだ。個人的で感情的な信念に非人間的な名称を重々しく与えていく、このもくろみに対して彼女の女性的な自己は情けなくもあり笑顔で受けとめもした。個人の人生に当てはめることを男の人たちが決して認めない事態にまで、女の人たちが個人的な悲劇を女性の問題に拡大するのを、男の人たちが笑顔でやりすごすように彼女もこのたくらみを微笑んで聞き流した。
ランゴが戦争と革命派につく一方、ジューナはランゴを愛する側に、愛という派についた。革命の党派は日に日に変わった。世界観も科学も変わっていった。しかしジューナにとって人間愛だけは続けられた。世界地図には大きな変化が生じる、しかし人間愛のこの必要性に変化は皆無である。人間の生活と幻想のはざまで揺れ動き、人間の生活と幻想のはざまにある危険な連絡通路でときには壊れてしまう、またあるときはすべて粉々に砕かれる、この悲劇においても変化は何一つ無い。しかしむしろ愛そのものは人生が続いていくようにとぎれない。

男の人たちが都市を立ち上げるのを何としても必要とするのを、さらに多くの国家を征服しなくてはと必要に迫られるときに、ジューナはにっこりしながらもこう思う。人間関係を築くことが遥かにもっと難しいのにと、人の心を制覇することの方が、子どもの気持ちを満たしてやる方が、完璧な人間らしい人生を創り出すことの方が遥かに難しいのにと。男の人たちが発明したり行動の機会を世界を股に探したがる、人間同士の間で生活空間を征服する方が遥かに難しいのに。一人の人間を分かる方が遥かに難しいのに、最も深いところの人間個人の人格が半分も探索されていないというときに、男の人たちは哲学の体系を組織化しなくてはという必然性に躍起になっている。

「ぼくは戦争に行かなくてはならない」ランゴは言った、「ぼくは行動をしなくてはならない。ぼくは大義に力を尽くさねばならないのだ」


もう既にジューナの記憶のなかに刷り込まれた彼のしぐさや雰囲気や情景を、生活のなかで再現してくる人としての気持ちをランゴは彼女に示してきた。馬に乗って白い毛皮のブーツを履き、コーデュロイと毛皮でできた上着を纏い、ぎらぎらした目つきで黒ずんだ顔にワイルドな黒髪をなびかせたランゴに彼女はずっと以前、どこで会っていたのだろうか？

舌の上に異教の聖餅をのせ聖体拝領を受けている人のように、熱っぽく敬虔な顔をしたランゴを彼女が以前に見たのはどこだったろうか？

彼女の傍らで横になっている彼を見ていると、外国を旅していて急に衝撃を受ける記憶の一つを想起する。特にどこへ行くという自覚もなく歩いているにもかかわらず、一歩一歩踏みしめる度に前から知っているような親しみに気づかされる記憶である。異国の地の通りを曲がった角で予知された景色が待っているのだ。

一般的な記憶か、あるいは潜在的に受け継がれた民族的記憶というべきか、物語の影響なのか、あるいは幼少のころに聞いたおとぎ話、伝説、民間伝承の物語詩《バラッド》だろうか？

ランゴは十六世紀のスペインから出てきた人だった。吟遊詩人が活躍したスペイン、激烈さを伴い厳格な形式を重んじた教会による支配、修道院での女性の幽閉、カトリックの儀式の壮麗なること、表面下で官能性が息づく広大にして秘めやかで激しく揺れ動く、あらゆる民族に共通した罪と贖いとして、あれこれの永続的な誇示を通してのみ見つけることができる、抑えがたい潮流から生れ出た人だった。

ランゴはジューナにとっては血の通った楽園を再生して英気を養わせた。都会っ子によってつくられた人工の楽園とはあまりにも違っていた。子どものとき彼女は都市で育った、森のなかではなかった。彼女自身によるいろいろな発明で彼女独特の楽園を創造した。ことばも彼女自身が創った、生活の外側というか日常を超えた言語を。ある鳥が寄りつきにくい木の枝に巣を作るように、思いがけない危害から守られるが、またずっと保護していくのも容易ではないといったところに。

しかし、ランゴの楽園は森や山々や蜃気楼が見える湖に囲まれ、自然そのものだった。珍しい動物や花々すべてに手が届く、暖かい気候のなかで。

彼女は都会育ちの子どもだったから、そのときの彼女にとっての楽園はおとぎ話や伝説、神話から創られたのだ。薄暗くてむさくるしい、狭くるしい部屋のなかで、しみったれた裏庭で。

ランゴにとっては創り上げる必要がなかったのだ。途方もない壮大な美しさをみせる山々を彼は所有していた。途轍もなく大きな湖も、とっぴな動物も圧倒的な美観を呈した邸宅をも持っていたのだ。一週間続く祝祭《フェスタ》や仮装行列のお祭りや秘密の酒神祭らを知り尽くしていた。高貴な地位につく精神的な浄化に恍惚を感じ、宗教的儀式から忘我に達し、決闘の訓練から肉体的爽快さに汗を流し、ひとりになる静寂な時間に詩を創り、インディオの踊りから音楽の調べにのり、彼のインディオの乳母による生《なま》の語りで聞く物語で育まれてきた。

初恋の女の子の家へ行くのにもランゴは馬に跨って一晩中旅をしなくてはならなかった。そして家の壁を飛び越えて、その娘の母親の激怒を受ける危険覚悟で名乗り出て、父親の手で殺される死もありえた話だった。それはあのロマンチェロ［スペイン語で書かれた叙事詩、恋愛物語〕にすべて書かれていたことだ。

ジューナが子どもだった頃の楽園といえば自分の家のなかの書斎の机の下だった。縁どりされた赤い布のクロスが床まで掛けてあって、その中で彼女は父親の広い書斎の本棚に並べられ読むことは禁じられた書物を何冊も読んだ。このテント、このエスキモーの小屋、このアフリカの泥の住居、この神話の王国に入る前には、そこに用意された小さい油布で彼女はこれ見よがしに足をきれいに拭いた。

ジューナが子どもだった頃の楽園は本のなかにあったということだ。

彼女が子どもの頃に住んでいた家というのは意気の住み家とでもいうべき家だった。ものごとに関心もなくなんとなく暮らすのではなく、いつもどんなときも元気に熱く経験を感じ取り、肉体からの拡張であり拡大された四つに分かれた部屋を立ち上げて飾りつけていく場所だ。家の扉、廊下、それに光と影ができるところと彼女との間に、たくさんの繊細な親近感が自ずと定着してくる、そんな場所だ。心の内面の意味ある趣旨と全体像がよく表現された外の世界とが関係することで、彼女は外の世界と合体するまで、もう外も内も区別が何も無くなるまで、その意気の住み家を創り上げていった。

（わたしはランゴのなかの分かりにくい力と闘っている。それは彼のなかの愛すべき性質なのに本性を破壊することと闘っている。わたしの人生が熱き思いで非常に幸福な最高潮にあるときは、むしろ最も危険な状態で絶壁の上でバランスを失っているのだ。夢や本質の部分に、空の天井に触れるように、より高く飛翔しようとすればするほど、現実という束縛がますますきつくわたしの首を絞めつける。ランゴを救おうと模索しながら、わたしは破滅してしまうのだろうか？　身も心も疲れ果ててしまった……湿った貧弱さ、病身のゾラ、ワインの染みが付いたテーブルにそのままになった食べもの、煙草の灰殻、済んだ食事のパンくずを、周期的にときどき目にとめてわたしは思った。ストーブの鉄さび、雨が漏れる屋根にあいた穴、消えた炉火、気の抜けたワインが残ったままのコップを、わたしはときどき見て思いめぐらせた。そうしてわたしは、うっかり川へ落ちてしまわないようにしながらハウスボートの跳ね上げ戸をくぐって降りていった。わたしには見えない別なランゴ、ゾラと一緒に住んでいるランゴ、ほどよい照明のなかで出番を待つランゴが存在するのをわたしは知っている。でもわたしは不安だった、心の苦痛に対する不安だった……今わたしは分かった、なぜわたしはポールを愛したのかが……何故ならポールは不安だったのだ。ポールとわたしが横になり抱き合いながらお互いの寸分たがわぬ不安感を抱き合っていたのだ、と同時にその不安を理解し合っていた、覆いの下に身を潜めながら、人が仕掛けてくる凶暴さへの不安を。わたしたちはその不安を暗闇のなかで認め合った、手と手を取り合いながら、唇を重ね合いながら。わたしたちはその不安に触れ合ったし動揺もし合った。その不安は身体を通して共有するわたしたちの秘密だったからだ。誰しもがこう言う。どちらかの派に属さなきゃあ、政党を一つ選ばなきゃあ、哲学的思想を一つ、信条というか主義を一つ……。わたしは人間愛という夢を選ぶ。わたしが同盟を組むのが何であれ、わたしの愛に身近なものであるべきだった。人間愛への夢を伴にして、わたしは踊る、わたしは縫いものをする、わたしは繕いものをする、わたしはこの夢のために料理をする。この夢のなかでは誰も死なない、誰も病気にならない、誰も別れない。眼前に広がるわたしのこの夢に合わせてわたしは愛したり踊ったりする、暗闇をも信用して、迷路をも信用して、愛の試練の火の真只中へと。ある人は言う、夢は逃避だと。ある人は言う、夢は狂気だと。ある人は言う、夢は病だと。夢はあなたを裏切るだろうと。わたしが見るランゴはゾラが見る人ではない、世間が見る人でもない。このことこそが愛のなせる魔力なのだ。あなたは宗教に味方できる、あなたは歴史に味方できる、しかもあなたには他の人たちがついている、あなた一人ではない。ところが愛、麻痺させる魔力をもった愛と組むと、あなたは一人である。人間愛の夢を医者たちは一つの自覚症状だと言い、歴史家たちは逃避だと言い、哲学者たちは薬物だと言い、そしてあなたが愛する人さえもが、あなたと一緒にこの危ない道程を歩もうとはしないだろうから……あなたの人間愛の夢を、慈愛の情から成るこの船のマストにお掛けなさい……輝き燃える想いの一旗を……）

ランゴが信じきっていたように敵は外にいたのではない。

ジューナはポールと過ごした日々を当然思い出しているだろうとか、ポールが戻ってきてほしいと願っているだろうとか、彼のそばにいたいと恋しく思っているだろう、というランゴが意識して最も避けたがっていることは、実は彼の凶暴性によって彼が引き起こしているジューナの想いなのだった。なんといってもランゴの凶暴なところが彼女をランゴから引かせたのだから。彼の怒ったことばによって残る破綻への感知、あるいは彼女の行為が曲解された彼の解釈、彼の懐疑心らが、時としてその緊張関係から逃げ出したいという気になる不安に満ちた環境の起因となった。平穏とやさしさを捜し求める子どものように、ジューナは確かにポールを想い慕った……。

次にランゴが犯した二つ目のあやまちは、ジューナとゾラに互いに友だちになってもらいたいと考えたことだ。

これはランゴの引き裂かれた、ばらばらになった生活を首尾よくまとめることが達成可能になるだろうと踏んだのか、彼は自分だけのことを思ってのことか、厄介な重荷をジューナにも受け持ってほしいと思ってか、人間性を創り出すジューナの才を信じて彼女がゾラを回復できるのではないか、そしてもしかするとゾラの愛情を勝ち取って、家へ戻る度に彼が感じていた緊張関係にも終止符がうてるとか、ランゴが思い込んでいるのかどうかをジューナは知るすべもなかった。

ランゴの心のなかの曖昧で迷路のようなところはジューナには常に謎めいたものであり続けた。彼の本性にあるこじつけや曲解がジューナには明快にできかねた。彼の内面で何が起こっているのか自分で決して分かろうとしなかっただけでもなく、はたまた彼という人が矛盾と混乱でごっちゃになっているということだけでもなく、どんな考察にも真相を突き止めることにも、自分のモチベーションを自問してみるといったことに彼は腹立たしく反撥するからだった。

そうこうして彼が、こう言ってきた。「あなたがゾラに会いに行ってくれると嬉しいんだ。

彼女の病気は重くてね、あなたが彼女を助けてくれるのではないかと思ってね」

これまでにゾラについての話はほとんどなかったほどに少ない。ランゴが言ったあることばだけがジューナの心のなかに蓄積されていた。ランゴは十七歳のときにゾラと結婚した。彼がジューナに出会う六年前で、肉体的結びつき無しに、「兄弟、姉妹のように」一緒に暮らしはじめた。彼女は絶えず病の床にあり、ランゴは彼女がどうすることもできないことへ深い同情を感じていた。同情以上の何かが、知られたくない過去の事柄が、あの人たちを縛り束ねているのかジューナはよく分からないでいた。

この懇願はジューナの善良なる自己に宛ててなされたゆえに応えるべきであり、ゾラとのランゴの生活に関わりたくないという彼女の本音の願いを押し殺さなくてはならないと考えた。しかしまた、彼女に苦痛しかもたらさない関係を避けるべきだとも気づいていた。さまざまな側面のある自己のなかから、ある特定された自分自身を持ち出してくるように求められていた。数ある衣装のなかから特に一着を身に着けてくるように頼まれるのと同じように。

彼女は善良な自己だけを持ってくるように請われた。ランゴが信じて疑わない善良なる自己、しかしながら彼女は、よくお呼びがかかる、よく求められる、この善良な自己に反抗していた、今となっては取り残されたくさんの壁の花のような他の自己を損なう、この善良なる自己に。闊達に笑いたかった、のんきにしていたかった、愛する人は自分で独り占めにしたかった、わたしという人格が一つに纏まった生活がしたかった、厄介ごとから解放されたかった、ジューナという人とはまた別な自己。

密かに彼女は別な自己をしばしば夢に見てきた、荒々しく激しい、自由奔放で、自然で、気まぐれで、当てにならない、いたずらっぽい、さまざまな他の自己を。けれど善良な自己への絶え間ない要求がそれらの別な自己を退化させてしまっていた。

しかし命令に近い依頼もあるのだ。

精神的な感情に訴える伝令の社会が存在する。伝統的な道徳観とは関係なく、ノブレス・オブリージュ［高い身分に伴う義務］の特質を打ち出すある行為を提供して、人格における最高レベルでの適応力に誠実であること、高い地位に適した質ある生活、理想化された自己への献身を率先する。世のしきたりを打ち倒してきた芸術家たちは、この社会慣例に自らを服従させてきた。そしてこの自由意志をもった価値観で生活することに失敗してしまうことからくる、罪悪感や悲嘆を知り尽くしていた。こういう芸術家たちは皆、時として、宗教家や道徳主義者や中産階級の市民たちの自責の念に似た罪の意識を経験した。それは自分が自分でよしと誇れる自己に対するイメージに、到達したいと探し求めている理想主義者が持つ不治の罪悪感であった。

彼ら芸術家たちは同胞愛や協同の義務や別な身分としての共有のタブーを創り出したにすぎなかったが、それらを生み出すのに彼らは個人的な大きな犠牲を払うことに固守したのだ。

そういう卓越さをジューナはどのように自分のこの善良な自己が達成できたのかよく分からなかった。どのようにしてその善良な自己が生み出されてきたのかも彼女は分からなかった。なぜならその善良な自己は彼女に押しつけられたのであって彼女によって取り入れられたのではないと考えていたからだ。期待されているより彼女は善良ではないと感じていた。これは裏切り、欺きであるという気持ちに彼女をさせていた。

こう言ってのける度胸が彼女にはなかった。わたしはどちらかと言うとゾラに会いたくないわ、あなたのもう一つの生活も知りたくないの、わたしだけの愛だという幻想にむしろ浸っていたいの、と言ってのける度胸が。

小さい頃ジューナは、危なっかしい遊びをしたのを覚えていた。彼女は冒険めいたものや障害物を探し回っていた。彼女は紙で羽を作って二階から身を投じた、奇跡的に怪我は免れたのだったが。

　ジェスチャーや他のゲームでも可愛くておとなしい主人公におさまっていたくなかった。彼女は陰謀をもくろむ邪悪な女王でいたかった。辛辣味もなく、あどけなさを装った王妃でいるよりは、カトリーヌ・ド・メディシス「イタリアの名家メディチ家からフランス王アンリ二世の妃となる（一五一九―八九）」でいたかったのだ。

　彼女自身の反抗心や痛烈に言うことを聞かない癇癪持ちや嘘に、彼女はしばしば陥った。しかし、両親は決まってこう繰り返し言ってきた。いい子にしてなきゃいけませんよ、お洋服を汚しちゃいけません、人にはやさしくして、ご婦人には感謝の気持ちを添えて、転んでも痛いのは我慢するのよ、欲しいものをすぐ取っちゃだめよ、自分にかまってもらおうとするのはよくないことだよ、髪の毛に結ったリボンを自慢しちゃいけないよ、目立たないようにふるまいなさい、静かで控えめにして、弟たちがやりたい遊びは譲ってあげるのよ、怒りたい気持ちは抑えること、べらべらお喋りをしないように、起こったこともないことをお話にでっち上げてはいけません、いい子にしていないと可愛がってもらえませんよ。こういうことに一つでも違反しようものなら、彼女は叱られて、両親からそっぽを向けられて、彼女にとって最高の幸せだったおやすみのキスと、おはようのキスをしてもらえなくなるのだった。子どもジューナにとっては悲劇的事件のように見えたことだが、母親がいなくなると怖がることを彼女の母親はちょっとからかったこんなことをした。昔、湖で泳いでいたときに、ジューナの心細い眼つきをよそに、母親は潜って溺れたふりを装ったのだ。また水面に上がってきたとき、小さいジューナはもうどうしようもないくらいわめきたてていた。またジューナが六歳だった頃、とても広い駅の構内で、母親が突然、円柱の後ろに隠れたのでジューナは雑踏のなか一人ぼっちになったのに気がついて取り乱し、激しく泣きわめいたのだった。

善良なる自己はこういった脅かしから出来上がっていった。つまり、造花だった。不安を育む保育器のなかでジューナの善良さは、愛されることにしがみつき愛されるように振る舞うために唯一つ周知された方法として、つくりばなしを咲かせておいたにすぎなかった。

彼女自身が本当は興味があるのだけれども、表には出さずに内にもみ消している別な自己がいろいろとあった。物語が大好きで創意に富んだ空想を織り紡ぐ自己、稲妻のような激しい怒りが燃えあがる気性の短気な自己、荒々しい自己、現実が少し改良されただけで嘘ではないと嘯《うそぶ》く自己。

きついことばを彼女は好んだ、口もとでショウガがピリッとするような感じのことばを。ところが、彼女の両親は揃ってこう言うのだった。「お父さんとお母さんは聞きたくないよ、おまえからそんなことばはね、おまえからは」さらに家で決められた規則を弟たちが守るように彼女に言わせて、弟たちがちゃんとするようにお目付け役を彼女に指名した。それはちょうどランゴが、彼の態度がばらばらになって計画が壊れないように、ジューナにお目付け役を指名したのと当に同じだった。

そういうことで、彼女がたどり着いた唯一の折り合いは、罪と罰の間のバランスを保つことを身につけることだった。彼女は壁に背を向けて立ち、次に壁に向き合い、そしてそれから、彼女は呟いた。「バカ、バカ、ちくしょう、こんちくしょう」何回でも気が済むまで。自分で自分を罰しながら、同時に放免されて赦しを感じたのだ。悔恨に無駄な時間を費やしている暇などなかったのだから。

しかも、この善良なる自己をもはや手放すことはできなくなっていた。囚われた生活、語り草、愛好者たちに囲まれて。この自己への揺らぎを感じたときはいつも、自分の責任の数々を増強してきた。新たな愛好者が現れて止むことのない付き添いを何が何でも要求してきたのだから。

ランゴがもし今日、ゾラの世話をするようにジューナに頼んだとしたら、それは彼が聞き知っていたからだ、彼女が今までにも他の人たちの面倒をよく看ていた実例を。

この破壊できない善良なる自己、この偽りの善良なる自己、この身をすり減らされる善良なる自己がこんな祈りに応えていた。ジューナ、わたしはあなたが必要なのだ、ジューナ、わたしを慰めておくれ、ジューナ、媚薬を持って来てくれるね（癒しの手立ての極みをどうやって彼女は学んだのだろうか、痛みを止める妙薬のすべてを？）ジューナ、あなたのあの魔法の杖をここに持って来てほしい、ジューナ、あなたをランゴのところへ連れて行こう、あなたの心が沸き立つギターの演奏をして心温まる歌を唄うあのランゴのもとへ、ではないよ、いつも病身の妻がいるあのランゴのところだよ。あなたはがっかりするだろうね。砕けやすいジューナの心だからね。あなたの心は風鈴の音色を奏でながら粉々に割れていくでしょう。そしてその粉塵は玉虫色にきらきらと光るでしょう。そこからすぐに新しい植物が育つでしょう。あなたの心が砕けてしまうのはよくあることなので、壊れやすいあなたの心から何度も芽を吹き出せる機会をもらって、若い植物にとっては得なことなのです。芸術家というのは信心深い人のように、世俗の富を拒否する生き方を信条としているのです。生きる痛みや難儀な困難が聖人としての位というより芸術性をもたらすでしょうから、すばらしい創造を誕生させるでしょうから。

（この善良なる自己は役割である。わたしの周りにぴったりきつくまとわりついて、もはやわたしの身体には合わない衣装である。生まれ出ようとしている別の自己が存在している。少なくとも発言の機会を強く求めながら！）

あなたが生きてきた過去があなたが何を選ぶかということに影響を及ぼしたのだ、ジューナ、あなたは生きる痛みを軽減する才能を既に知らしめてしまった、だから聖日の祭りには招かれないのだよ。

過去に演じた役割の取り返しのつかない影響の大きさ、逆転は不可。

過去の苦悩にかけられた哀れみの数々と過去に負った責任への放棄の数々に対して目撃者が多すぎた。あなたの性格をどんなふうにでも変更すると、過去の哀れみや放棄は中傷されるでしょう。それにあなたの昔の罪悪感を再び呼び起こしてしまうでしょう！　問題を直視せよ！　今回のところは。そうしたらランゴはあなたの表情にその反抗心を見てとらないかもしれない。ランゴの奥さんは非常に病んでいて、あなたの魔法の薬をあなたが持って来てくれると思っているのだ。

ところが、ジューナは一つの重要な発見をしてしまっていた。

ランゴとのこの契り、彼の極端な短気への彼女の我慢、彼女の穏やかさと彼の乱暴さを結ぶ暗黙の友愛、光と影のコラボレーション、彼女が感じたランゴへの責任、彼の見境のない激怒ゆえに生じる成り行きから彼を救いたいという抑えがたい彼女の欲望、これらはみな、ジューナが子どものときに埋め込んでしまった彼女の自己を、ランゴが彼女に代わって生きたからであった。彼女が否定してきた、押さえ込んできたすべて、つまり混乱と無秩序と気まぐれと破壊。

ジューナがつくったものを彼が壊してしまうから、彼女は毎日また一からつくり直さなければならなかった、そんなランゴのやり方にみな驚愕していた、(彼のあんな嫉妬心やあんな怒り方にどうやって我慢できるんだい?) 理解してやり整えてやり再び建て直し繕うために彼女が寛大になる理由とは、彼の盲目的な動機と行動によって起こる厄介ごとを受け入れてやる理由とは、ランゴという人が自然そのものだった、抑制されていないものだったからだ。しかも、ジューナが彼女自身の怠慢や彼女自身の嫉妬心や彼女自身の混沌を埋め隠した日に、これらの萎縮させられたいろいろな自己は解放されるのを待った。そしてランゴの行動を通して再び息衝き始めた。暗黙のこの共謀のためもあって、彼女は彼と共にこの因果関係を分かち合わねばならないのだ。

暗闇、混乱、暴力、破壊、彼女が速やかに身をかわして逃れてきたこういう領域がランゴとつき合うなかで秘かに生え出てきていた。重荷はランゴの肩に置かれていた。だからジューナもその苦痛を共有しなくてはならない。彼女は彼女本来の自己を消滅させてはいなかったし、ランゴの内から、その存在は再主張していた。だからおまけに彼女は彼の共犯者だった。

半地下にあるランゴのアパートの部屋の扉を開けたのは、陰気な顔つきのランゴだった。はじめて会ったときの気さくで明るいギター演奏者でも、ハウスボートで逢瀬の夜を過ごした情熱的なランゴでもなく、カフェで仲間の意見に揺れるランゴでもなく、皮肉交じりの話に乗ずる人でもなく、無謀なほどの冒険家でもない。それはジューナが知らない別人のランゴだった。

薄暗い玄関で彼の姿はシルエットのなかに現れた。彼の高い額に前髪がかかり彼の会釈は高貴さと威風をいっぱいに備えていた。洞窟を思わせるこの住処がまるで彼のお城で、彼が藩主で彼女が著名な訪問者でもあるかのように振る舞い、彼は狭い玄関で厳かに一礼した。彼自身が選んだ貧困と不毛の生活から彼はより誇らしげに背丈をさらに伸ばし、より寡黙な姿勢で現れ出た。彼が若気の反抗心を持たずにいたら、今ごろは彼の大農場の壮大な門口で彼女を迎えていただろうに。

真っ暗な下へ、階段を降りていった。ジューナはためらいがちに手で壁を触りながらも下へ導かれて行くようだった。その壁はごつごつしていて、油か何かでねとねとしていたので彼女は手を引っ込めた。ランゴはこう説明した、「前にここで火事があってね。ぼくが煙草に火をつけたまま眠ってしまって、このアパートの部屋に火がついてしまった。家賃を六ヵ月滞納しているものだから、大家はこの壁を直してくれないんだ」

この半地下の部屋は何とも言えない湿気の臭いがした。パリの安アパートではよくある臭いだった。霧からくる湿り気と、古都が吐き出す悪臭とが地下室に充満して混ざり合っていた。それは沈滞の臭い、ずっと洗っていない着古した衣服の臭い、カビが生えてしわができたカーテンの臭いだった。

彼女はもう一度下へ行く足をすくめた。すすけていたけれど北側からのかすかな光がさしこんだ天窓を頭の上に見ると、彼女はまた足を進めた。

するとランゴは彼女の脇に立った。そしてジューナはベッドに横たわるゾラを見た。

その女の黒い髪は櫛も通されないまま縺れて、彼女の薄黄緑色をした肌に垂れていた。彼女にインディオの血筋はなく、ランゴの顔つきとほとんど正反対だった。重苦しい、目鼻立ちのはっきりした顔つきに、大きいふっくらとした口もとをして、顔立ちの端から端までが、悲しみを漂わせていたが、瞼を開けているときだけに見られる、衰え打ちのめされていながら魅力に変わる特徴があった。ただ両目は不意の狡賢さを表していた。ランゴにはない目の表情だった。

彼女はランゴが持っているシャツの一枚を着て、その上に黒色に染めたキモノを羽織っていた。その首と袖口からシャツの赤と黒の格子模様が見えていた。キモノの黒染めを通してかつては黄色だった縞が透けて見えた。

両足にはランゴの大きな靴下を履いていた。その爪先に綿の詰め物が入れてあり、小柄な彼女の身体に不釣り合いなピエロの足のように見えた。

彼女の背中はわずかながら猫背で、厭みな笑いをしてみせた。弓のように曲がった両肩がせせこましい居場所に嵌《はま》るように自らをちぢこまらせているような感じを与えていた。それは危惧の念から出た彎曲《わんきょく》だった。

彼女がどんなに病に直面している身とはいえ、端麗ではなかったけれども人目を惹く性格の力強さを持ち合わせている人だとジューナは思った。だがそれでいて、彼女の手は子どもの手のようで何を握ってもしっかりつかめなかった。口腔にも同じような弱々しさがあったので、彼女の声はこれまた子どもの声のようだった。

アパートの部屋はもう半ば暗くなっていて、ランゴがかざしたオイルランプの灯りが長い影を放っていた。

この部屋の靄《もや》のような湿り気が埋葬者の吐息のように見えた。それは壁にしくしくと忍び泣かせて、壁紙は萎《しお》れて細長く剝がれていった。何世紀に亙る憂鬱な生活から出た汗と植物の地下茎や墓地から出る湿気と、耐えがたき苦痛や死がもたらす水蒸気が壁から滲み出て来ていて、あらゆる張りのある輝きや生命感が消えて無くなったゾラの皮膚に、ちょうどよく当て嵌まっていた。

ゾラの笑い顔と悲しげな声にジューナは心動かされた。ゾラは話をしてくれた。「この間、わたしは教会へ行って死に物狂いで祈ったのよ、誰かわたしたちを助けに来てくれますようにと。それで、あなたがここにいるってわけ。ランゴはいつも考えがまとまらなくて、結局何もしないのよ」それから彼女はランゴの方を向いて言った、「わたしの縫い箱を持って来てちょうだい」

ランゴはビスケットが入っていたブリキ缶の箱を彼女に渡した。注射器、点眼薬、錠剤というラベルが張り付けられた箱のなかには、針と糸とボタンが入れてあった。

ゾラが縫い物にするものは、ぼろ切れのようだった。彼女の華奢な両手は機械的にその布をしごいてみせた。しかし、彼女が何度もならしつけようとすればするほど、その布地は彼女の手のなかでますますしわくちゃになっていった。それはまるで彼女があまりにも神経質に触っているのか、あるいはあまりにもきつく締めつけるように触っているかのようだった。またそれは、彼女の病める肉体から出る、いやな臭いで周りの物を弱らせてしまう吐息が縫い物に伝染したかのようだった。

こうして彼女が縫い物を始めると、ひと針があまりにも小さくて、ほとんど重なりあっていた。ひと目ひと目の重なりが、ぼろ切れを縫うなかで彼女の顔色や命そのものの最後の息と縺れあってもがいているようだったし、あたかも彼女は窒息する時点まで、そのぼろ布を縫い続けているようだった。

彼女たちが話をしながら、ゾラは縫い始めてからそうこうして、四角いかたちを縫い終えていた。するとそのとき、ゾラが苦労して縫い込んだ縫い目からぐいっと一気に糸を抜き取ったかと思うと、また静かに縫い始めるのをジューナはじっと見つめていた。

「ジューナ、ランゴがあなたにもう話したかどうか知らないけれど、ランゴとわたしは兄と妹みたいな関係なのよ。わたしたちの肉体関係は……何年も前に終わったの。それは重要なことだった例しはなかったわ。遅かれ早かれ彼が他の女の人を好きになるのはわたしだって分かっていたわ。だから、それがあなただってことでわたしは喜んでいるの、だってあなたは彼をわたしから奪ったりする人じゃないから。わたしは彼が必要なの」

「わたしたちがこうでいられたらと願うことがあるわ……お互いにやさしくし合いたいわ、ゾラ。簡単な状況じゃないものね」

「ランゴがこう話してくれたのだけど、あなたはやろうとしたこともないって、口に出したこともないって、彼にわたしを捨てるように、っていうことは。あなたを好きにならないわけがないでしょ？ あなたはわたしの命の恩人なのよ。あなたが来てくれる前にわたしは介護と食べ物がなくて死にかけていたのよ。男性としてランゴを愛していないわ、わたしは。彼は子どもよ、わたしにとっては。彼は厄介なことばかりをしでかしてわたしを困らせてきた。彼はあのとおりお酒が好きで、話をしたり友だちといるのが好きな人でしょ。あなたが彼を愛してるっていうなら、それは結構なことだわ。だってあなたはふさわしい女性だから。とにかく、とてもちゃんとした方だから」

「あなたはとても寛大ですわ」

ゾラはジューナに、もたれかかって言った。「ランゴは気が狂ってるのよ、わかるでしょうけど。あなたに来てもらえなかったら、わたしは今ごろ路上をさまよっているわ、ホームレスになって。わたしたちは時々ホームレス状態になるの。そうなるとわたしはわたしの旅行かばんの上に座り込む、通りの道端で。ランゴはというと、ただ腕を振り回してどうしてよいものやら途方に暮れるばっかりで何をすべきかなんかに全然気が回らないのよ。彼はとんでもないことが起こるようなことをしでかしてしまうの、それから決まってこう言うの『運命なんだよ』って。彼の煙草の火でわたしたちのアパートの部屋が火事になったのだってそう。彼はもうちょっとで焼死するところだった」

彼女のベッドの足もとに一冊の本が置いてあったのでジューナはその本を開けてみた、ゾラが縫い上げた糸を入念にほどいていた間に。

「それは病気についての本でね」とゾラは言った。「病気のことを書いた本が好きなの。図書館へ行って自分の症状の解説を調べまくるの。わたしの身体の具合に合う頁は全部印をつけたわ。わたしが入れた印を見てちょうだい。人が患うことが可能な病気をわたしは全部、全部を抱えてるのじゃないかって時々思うのよ！」彼女は笑った。そして彼女は悲しげにジューナを見ながら、ほとんど訴えるように言った。「わたしの髪の毛が全部抜け落ちていくの」

その晩ジューナがゾラのもとを去ってからというもの、ランゴとジューナは、お互いにとってただ一つの恋を交わす秘密の部屋で、もはや男と女ではいられなくなった。突然、三人組となった、ゾラの容赦のない要求に二人の行動は指揮されて、二人の時間は先導されて、二人は引き離された時間を命じられて。

ランゴはゾラをジューナの保護のもとに位置付けたので、彼女のランゴへの愛情はゾラを取り込んで大きく拡張されなくてはならなかった。

ゾラが、ジューナに話をした。ゾラに会ったら大層模範的に献身的な世話をしようと思っていたジューナは、ゾラの親しげな態度にむしろ、受け身な自分に気がついたにすぎなかった。

喋ったのはゾラの方だった、手縫いをしては、その縫い糸を引き抜き、抜いている手を休めて目を上げながら。「ランゴは変わったのよ、わたしはすごくうれしいの、ジューナ。彼は前よりもっとやさしくしてくれるのよ。彼はこの間まで不機嫌でね、わたしにあてこするわけ。男性は誰かを愛さずにはいられないでしょ、ランゴを満足させるのは簡単じゃないわ。女の人たちみんな彼を欲しがったものだから、一回は会ってあげても彼はがっかりして戻ってきて、もうその後は会おうとしなかったもの。そういう女の人たちのどこかに良くないことをいつも必ず見つけてきちゃうの。でもあなたとは大満足なのね。それにこういうことが、たまに起こるべくして起こるということが分かってわたしは嬉しく思っているの。あなたが関わっていることがわたしはうれしいの、だってわたしはあなたを信用しているから。女の人が来てランゴを連れ去って二度と彼と会えないことになるかもしれないって前は気が気でないときがあった。でもあなたはそういうことはしない人だって分かるから」

ジューナはこう考えた。わたしはランゴをもの凄く愛しているから彼の重荷をわたしも一緒に引き受けたいと思う、彼が愛し尽くすものをわたしも愛し尽くす、ゾラは人生に飲まれた無垢な被害者だと、どんな犠牲も価値あるものだと、彼が信じて疑わないのならわたしもその確信にあずかる。

これはジューナとランゴの二人にとっては、ハウスボートでの素晴らしい逢瀬の時間への償《つぐな》いであった。日常生活から飛び出して大いにやってのける逃避が、この半地下の部屋のなかの償いの場所に着地するのだ。ゾラがぼろ布の縫い物をしながらフケ、未発達の卵巣、胃炎、甲状腺、神経炎などについて話しをする、この部屋のなかに。

ジューナは色鮮やかなインド織りのドレスを彼女のために持って来てやったが、ゾラはそれを真っ黒に染めた。さらに彼女は今、そのドレスのかたちを縫い直して、着古した感じになってしまい、すでに陰気な服になっていた。ゾラはブローチで留めたショールを羽織っていた。そのブローチのなかに留め金ではまっていた宝石は今は無くなっていて、剝き出しの銀細工が退廃の象徴のように見えた。彼女は二枚のオーバーコートを合わせ縫いして着ていて、内側のコートの裾がはみ出て見えていた。

二人で座って一緒に縫い物をしている間、ゾラはランゴのことで泣き言を話した。「どうして彼はいつも大勢の人たちと一緒に生活しなければならないのかしら？」

ランゴはむしろ何時間も何時間も一人、ジューナと共に過ごすのが好きなのを知っているので、ジューナはとても怖くてこうは言えなかった。「彼はただ人のぬくもりと忘我の気持ちを求めているのだと思うわ、病と闇の生活から抜け出したくて」

ランゴがジューナといるときは、彼はそびえたち支配力を感じさせ威厳と誇りに満ちていた。ゾラの部屋に入ると彼はちぢみこんでしまうように見えた。敷居を跨いだ後、彼の面立ちの銅色の輝きは残ってはいたが、瞬く間にその輝きも薄れてしまった。「どうして男の人たちって群れをなして生活をしたがるのかしらねぇ？」とゾラはしつこく言った。

火をくべて、湯を沸かし、料理をはじめるランゴをジューナは見た。彼の姿格好にやる気のなさがあまりにもはっきりと見てとれた。ゾラが並べ上げるランゴの欠点をその通りだと賛成しながら、委縮しきったランゴを目撃するに忍びないジューナだった。

ゾラが病院に入院していた。

今はランゴのためにジューナが料理をしていた、それからランゴがゾラの病室に届ける昼ごはんの特製スープもこしらえた。

ジューナ自身も見舞いに行き、たくさんの病室を通りすぎて、ベッドの上に座って髪をとかして青い色のリボンを髪の毛に結いつけようとしている一人の女性が目に入った。ゾラだった。彼女の顔はすっかりやつれていた。にもかかわらず、彼女はおしろいを塗り口紅をつけていた。一人の女の微笑みにとどまらず嗜《たしな》みを持って死にたいという一人の女の笑みが顔に見てとれた。死と会見する際に女性の媚を魅せる最後の揺らめく命の火を有効に燃やすように。

髪をすいて死と面会する勇気、この勇気にジューナは感動した。このやさしい笑顔は、女性はあらゆる人たちの目を死の目でさえも喜ばせなければならないという何世紀にもわたる確信を訴えている。

ゾラのベッドにジューナが近づくと、彼女が直面したのは勇気が全く欠如した真逆のものだった。周りの他の女性の患者たちより病状は軽いにもかかわらずだ。

「スープの味が濃すぎるわ」とゾラは言った。「もっとしっかりと濾《こ》してくれないと」そう言うと、スープ皿を脇へやって首を横にふった。ジューナとランゴは体力を回復するために飲まなくてはと、お願いをしてみたが。

食することへの拒絶にランゴは心配になった。この不安げな様子をゾラは見つめて、そしてしみじみと楽しんだ。

彼はまた特製のパンを持って来たけれど彼女の好みに合わなかった。

ジューナは瓶入りのレバーのパテを一箱持って来た。ゾラはしげしげと見てから言った、「これは良くないわ。色が悪すぎるわ。作りたてじゃあないわね、わたしの身体に悪影響をおよぼすかもしれないわ」

「でもゾラ見て、入っていた箱に製造年月日が記載されているのよ、薬局は期限切れのものを販売できないわ」

「それはだいぶ古いものよ、わたしには分かるのよ。ねぇ、ランゴ、ミュエット薬局まで行って、違うのを持って帰ってきてほしいのだけれど」

ミュエット薬局までは一時間は要した。ランゴは頼まれた用向きに出て行き、ジューナはこの薬になる食べ物を持って帰った。

二人がその晩会った折にランゴは言った。「レバーの薬を持ってきて。薬屋へ返してくるよ」

二人は揃って薬屋へ行った。薬屋はひどく立腹して箱に記された最近の日付を指し示した。

ジューナが驚いたことはゾラが病身の女性のむら気に屈していることより、ランゴがゾラと彼の合理性に納得していることだった。

薬屋はそれを引き取ろうとはしなかった。

ランゴは怒っていらいらしていた。しかしジューナもまたランゴがあまりにも分かっていないので反抗した。ハウスボートに戻ってから、ジューナはビン詰めの一つを開けると、ランゴの目の前でそれを一気に飲み込んだ。

「何をするんだ？」びっくりしたランゴが聞いた。

「この薬が出来立てだっていうのをお見せしているのよ」

「あなたは薬屋の言うことを信じるのかい、ゾラの言うことを信じないの？」彼は怒って言った。

「じゃああなたは病人の気まぐれを信用するの？」と彼女は言った。


ゾラはいつも近いうちに死んでしまう話をしていた。彼女は話しはじめるときにいつもこう切り出した。「わたしが死んだら……」ランゴは取り乱したままになって、彼女の死を怖がり、毎日その不安を抱えたまま「ゾラが死にそうで大変なんだ」と言うようになり、彼女の傍にいなければと言い訳をした。

最初はジューナもゾラの動向に大変だと思うようになってランゴと一緒になって心配もした。ゾラのしぐさが激しく、とても大げさに振る舞うのも、死にそうな女性の症状なのかと疑いはしなかった。しかし、こういうしぐさが毎日毎日、何週間も何か月も、翌年になっても繰り返されたので、ゾラが死ぬのではというジューナの心配も無くなってしまった。

ゾラが言った。「胃が焼けるような感じがするのよ」そして彼女は焜炉の燃える炎のなかで身悶えする人のしぐさをした。

ジューナが時々ゾラに付き添って歩いた病院のなかでは、医師たちや看護婦たちがもはやゾラの言うことに耳を貸していなかった。医師たちの眼つきに皮肉が込められているのをジューナは見逃さなかった。

ゾラの問題を表すのにゾラがやるいろいろな身振りは、ジューナにとっては誇張を演じる独特な劇場となってきた、はじめは脅威をあおるがその後だんだんと感覚が鈍って怖くなくなるような。

それはあのグランド・ギニョール劇場［十九世紀末から二十世紀半ばに恐怖劇で有名なパ

リの小劇場」のようだった。どの場面も不気味な内容を大げさに演じて恐怖を与えた後、終わりには超然として笑いをおこす、あの大衆芝居だ。

されどジューナの恐怖を克服させるのに助けになったのは他にあった。それはその冬の出来事だった、パリ全域を襲った喉に症状がでる伝染病だった。ジューナもかかってしまった。

喉が相当痛くなるが熱は出ないというものでベッドに寝ている必要はなかった。

そんな日にランゴが悩みこみ激情してハウスボートへ駆け込んできた。ゾラの具合がひどく悪くてジューナのところに長居はできなかった。「一緒に来てくれないか、都合がつくなら。ゾラは心筋梗塞をおこして、赤く腫れあがった喉の炎症が最悪で呼吸困難になっているんだ」

二人が病室に到着すると、医師がゾラの喉を診察に来ていた。ゾラは蒼白でこわばって仰向けに横になっていた、あたかも最期のときが来たかのように。彼女の両手を喉の上にかざし、わざとらしく緊迫した顔つきをする彼女の身振りは一種の狭窄《きょうさく》の表われだった。

医師は身体を起こしてこう言った。「今流行のみんなが罹っている喉の伝染病とまったく同じやつですよ。横になっている必要は無いですよ。ただ暖かくしてスープだけを摂るようにしてください」

まさにジューナは、その蔓延している喉の同じ病気にかかっていて、ランゴと外出していたではないか。

一年目はランゴの狼狽する状態に苦しんだ。二年目は可哀そうという哀れみになり、三年目は超然として知恵も備わってきた。だがランゴの心配ごとは決して減少しなかった。

ジューナはある朝目覚めて自分にこう問うてみた。「わたしはこの女性を愛しているだろうか。自分の病を何千倍も大袈裟にする、その病気を治そうということには無関心で、それでいて周りの人たちが彼女の病身から受ける影響を面白がり楽しむこの女性を？　ゾラが実物大の痛みよりもっと大きな痛みを、この世の果てまで皆が見たり聞いたりしているかのように身の上を描くのはなぜなのだろうか？」

「ずっと顔色が良くなったわね」と、誰かに言われてもゾラは嬉しそうではなかった事実にジューナは何度も面食らってしまった。ゾラは眉をひそめて、しかめっ面になり悲嘆の様相を見せた。

ある日病院で、医師はゾラの回診に来たが早々に診察を切り上げたので、医師が病室を出て行ったときジューナは医師の腕をつかんでたずねてみた。「わたしの友人の病状を説明してくださいますか？」

「あの方は精神的に異常がみられます」と医師は答えた。


ジューナはゾラのもう一つの顔を見た。

前にも見たことがある表情だったが、どこだったか思い出せないでいた。それからほどなく、ジューナは思いあたった。

それは常習的になりわいとしているプロの物乞いの顔だった。その日ゾラが粘り抜いてやりこなした厄介ごとの目録は、かけられた時間と繰り返しによって、あまりにも上手くでっち上げられた哀れみを誘う呪文のようだった。

悲しい声の調子の下に、悲しい音色を出す策略があった。

だがそう思っても、ジューナはゾラの不平不満の訴えを嘘ではないかと疑うことに恥じ入る気持ちになった、物乞いが本当に貧乏なのかときおり人は疑ったりするように。だがジューナは、また人が物乞いの前で思うように、こうも感じた。あまりにもしばしば公にひけらかされ、じろじろ見られた苦しみの種は、物乞いにとって必要な苦しみとなるということ、生計の手段や存在や保護への物乞いの要求となることを。物乞いがその苦しみの種を奪われたら、同情を求める権利までも奪われることになるからではないだろうか。

それはあたかも本物の同情は、食いものにされるというか利用されることなく、最近の出来事として深く思いやるために、問題の種のために判断を見合わせるべきだというようなものだった。嘆く人となることをなりわいにしている者の貧困は悲運ではなくてむしろ強みなのだ。

ジューナは直観的洞察を入れるのをやめたいと思うようになった。物乞いの必然性など批判的に判断できるものではないと規定する慣例に賛成して。つまりノブレス・オブリージュはこう支持して存在しているではないか。物乞いのカップは空であなたのカップは満たされている、ならば可能な取るべき行為は一つだけである。たとえ物乞いは盲目ではなく貧しい寝床の下に大金を貯め込んでいたことに調べがついたとしても、それでも、空っぽのカップを目の前にした気おくれやためらいのような気持ちはなんとも疲れる苦しさがあって、信じる人という役回りの方が、騙される方が、懐疑的でいるよりも楽でいられるのだから……

ゾラが彼女の泣き言を詳しく並べ立てるときの、ゾラの抜け目のない鋭い目つきにジューナは時々面食らってしまうのだった。この表情にはっとしてびっくりするのは、一人で道路を渡っていて危険にさらされる盲人を見て、あなたは痛いほど同情を感じているわけだが、突然その人が差し迫った危険を完全に把握しているという視線を、あなたに向けるのを見てとるときと同じ驚きなのだ。

しかしジューナは信じたかった、なぜならランゴが信じていたからだ。はじめてちらっと見たゾラのもう一つの顔をジューナは捨て去りたかった。友情や恋愛が終わるぎりぎりのところで、人がはじめに会ったときの直観を捨ててしまうのと似ていた。そしてこの長い間埋め込まれていた第一印象が再び現れて、人間のなかにある動物的感覚こそが危険や罠の存在を明らかに警告するのだと証明する。その感覚が正確かもしれないのだが、自己防衛とは逆方向にある理性によらないやみくもの強い衝動に賛同して、その動物的感覚は往々にして捨て去られてしまうのだ。人間は危険を察知する感覚を持っているのは証明されながらも、他の強い願望や抑えがたい強迫観念的欲望が当にこういう危ない罠や自滅へと人間を誘い込み招き入れるのである。

ジューナは今や操り人形になった気がした。ジューナは自分が、ランゴにとって止むことなく心身ともに健康で元気いっぱいの女性でいなくてはならないと感じた。家では彼は止むことなく心身ともに病んで鬱な妻を抱えているからだ。ランゴが必要だと思うことがジューナのその日その日の調子や気分や活動を設定した。ランゴの不安が彼女に感染するままにさせた、一途に彼の重荷を彼一人で担がなくてもよいように。操り糸はゾラの手の内にあった。階級はしっかりと設定された。ゾラがもし風邪をひいたり頭痛になったら、ランゴは家にいなくてはならない。（この風邪はゾラが冬の真直中の日に洗った髪がまだ濡れたまま外へ出て行ってひいてしまったとしても。）問題のきっかけに疑問を持ったり反対の意見を言ったりしてはいけないのだった。周りの人たちのことを考えてみてとか、こういった問題が起こらないようによく考えてなんて言ってはならなかった。

ゾラは買い出しにも行けなかったし食事を作るのはおろか、掃除もできなかった。それに夜一人でいられなかった。友だちが彼女に会いにやって来たら、彼女の面目を保つためランゴは家にいなくてはならなかった。

ジューナがランゴと付き合い始めた頃、夜の彼は外出してほとんどカフェで過ごしていた。夜明けまで家に戻らないのもしばしばだった。愛人の一人と一夜を過ごして家には戻らないことも頻繁になった。

最初の頃、ゾラが言った。「ランゴが最近お酒を飲んでいないからとっても喜んでいるのよ。カフェに入り浸らないであなたと一緒にいるものね」

ところが程なくして、彼女は新たな不安を募らせた。ランゴは言った。「可哀そうなゾラ、夜をとても怖がっていてね。先だっての夜に、誰かが家のドアをしつこく叩いて、そこに突っ立ったまま待っているんだ。一人だったゾラは、その男がなかへ入ってきて強姦するんじゃないかってもの凄くおびえてしまって、ドアの内側に家具をあれこれ置いて一晩中一睡もしなかったんだよ」

ランゴは一晩おきにハウスボートで夜を過ごしていたが、ゾラの文句が激しくなって一週間に二晩になり、やがて一週間に一晩だけとなった。

その一晩という夜にゾラはやって来てハウスボートの戸を叩いた。

痛みが止まらないと彼女は言った。ランゴは飛び出していって彼女を家へ連れ戻した。

彼女は痛みから痙攣をおこしていた。医者が呼ばれて往診に来たが原因は分からなかった。

夜が明けるころになってゾラは白状し始めた。洗濯石鹼の液体が胃に良いと聞いたのでコップ一杯分を飲んでしまったと。

ランゴはジューナにゾラのことを頼んで、医者が薦めた薬を買いに出て行った。

ジューナはゾラの介抱をしてやると、ゾラは何くわぬ顔でジューナに微笑みかけた。彼女のしでかしたことの重大さに本人はここまで気づいていないことがありえるのだろうか？

二人だけで一緒にいるときはいつでも、彼女たちは表裏のない関係を自然と持てた。ジューナの同情は今一度深まったしゾラもまたその気持ちに快く身を落ち着かせた。こういう時々には、相互的な関係が、ゾラのなかでも義理堅く構築されていくのをジューナは疑わなかった。これより後になってジューナが知り得たことは、ゾラという人は自分の行為でもって常に最終的にランゴとジューナの仲に害を及ぼし抑えつける目的を成し遂げることだった。

ただしかし、それはあまりにも巧妙になされたのでジューナは一度も見破ることができないでいた。

ゾラがランゴの話をしたとき、最初それは自然であたりさわりのない、病気で加減のよくない女性のぼやきのように見えた。ジューナの目の前でランゴの悪口を言おうとしていたようには見えなかった。ただそれはランゴとの生活の難しさにジューナから同情してもらいたいように見えた。しばらく後になってからジューナが一人気づきはじめたことがあった。ゾラがランゴに対する悲嘆の声をつらつらと単調に続ける語りのなかに、彼に対する多くの意見の食い違いや懐疑心のかたまりをゾラがいかに駆使してはめ込んでいたかということを。

こういう傷ついてしまう会話にジューナは彼女なりの考え方で心積もりをしておきたかった。「ゾラは別人のランゴの話をしているのだ。わたしが知っているランゴじゃない。わたしが愛しているランゴと同じ人じゃない。ゾラと暮らしている生活から出てくるランゴという人なのだ。ゾラと一緒にいるその男の人がどうとか、ということへの責任はゾラにある」

今宵この晩、ジューナの介護で落ち着いていたゾラが話し出した。「ランゴの愛し方はあなたとわたしは全然違うわね。肉体的にランゴを愛したことはわたしは一度もないのよ。わたしは肉体関係をもって男の人を愛したことが全くないの。男性にどうやって反応したらいいのか分からないの……。ねぇ、時々わたしは発作的に大声で泣き叫びたくなるでしょ、わたしは自分で思うのだけれど、肉体的に感じることができないからかしら。わたしは何も感じないの、だから泣き叫ぶと慰められるのかもしれない、かわりに泣いて叫ぶの……」

ジューナはこのゾラの話しに掻立てられもし、さらに啞然ともした。ランゴはゾラの不感症を知らなかったのだ。彼に対して自暴自棄になるゾラ、これがゾラの言わざる秘策だったのだろうか？

ジューナは今さらにして、彼ら二人の私生活にここまで関わるはめになりたくなかったと思った。

ゾラがぎゅっとしがみついてくる依存症から逃げることができたらとジューナは強く願った。

ジューナは黙っていた。ゾラはいつもの長い退屈な独壇場を始めて、ランゴの失敗を並べあげた。彼女を病気にさせたのはランゴ。彼女のキャリアを台無しにしたのはランゴ。何もかもランゴのせい。

ゾラはランゴを非難し、ランゴは世間を非難した。自分たちの性格とか為すべきことに二人とも盲目だった。ジューナはまだはっきりしていたわけではなかったが彼ら二人の転落の原因が何か感づいた。

ランゴがゾラのどうすることもできない頼りなさに盲目的に従属している態度にジューナは反対だった。けれどもジューナ自身も奴隷化していく関係を避けることができないでいた、同じような自分自身の立ち位置を認めていた。

ゾラは好意を望んだりしない、彼女は要求してくるのだ。それから命令事項がいかに実行されたかどうか、あらを探しを始めるのだった。尽くされて当然という彼女の権利への意識とともに、謝意を表すことは一斉これっぽっちの欠片もなく。

ゾラは今度は舞踏家としての自分のキャリアについて話し出した。「パリの観客を前にグアテマラのダンスを踊って見せたのはわたしが最初だったのよ。大成功だった。非常に受けたものだからニューヨークからエージェントがやって来てわたしの公演のツアーを企画したわけ。わたしはお金も儲けたし、たくさんの友人もできた。ところがね、ツアーを同行していた一人の女性がわたしを殺そうとしたの」

「まあ、そんな、ゾラったら」

「本当なのよ、はっきりした動機はまったくなかったのに。彼女は毎日わたしをランチに誘ってトマトと玉子料理を食べさせたの。それでわたしはとんでもなく具合が悪くなったの。そのトマトと玉子に毒が入れられていたってわけ」

「多分それは毒じゃなかったと思うわよ、恐らくトマトと玉子はあなたに合わないのよ」

「彼女はわざとやった、本当なんだから、わたしは成功しすぎてたもの」

（狂ってる、そうジューナは思った。ランゴさえこのことを実感してくれれば、わたしたちは穏やかに暮らせるのに。彼が一歩距離を置いて認めようとしてくれたら、ゾラは大変病んでいて心の平衡を失っていると。わたしたちで彼女の世話はできる、でもわたしたち二人の生活を彼女に壊させてはならない。それでもランゴは彼女と同じようにあらゆるものを歪めて見てしまう。もし彼さえ本気で見抜こうとしてくれたなら。そうしたらわたしたちは三人揃って救われるだろうに。）

「ゾラ、わたしがよく分からないのは、舞踏家としてあなたがそんなに成功していたなら、ニューヨークの舞台で絶頂まで上り詰めて、公演ツアーもできて、やりたいことは全部できて、どうしてなの？……　何があったというの？　あなたの人生の失脚の原因は何？　あなたの身体の具合のことが原因なの？」

ゾラはためらっていた。ジューナは苦しいほど緊張した、この問いへの返事を待ちながら、もしゾラがこの問いに答えたなら、三人の人生は変わるだろうと思いながら。

しかしゾラは決して単刀直入に答えなかった。

ジューナは失脚ということばを使ったことを後悔した。ゾラとランゴの場合に失脚は適切なことばではなかった。彼らの厄介ごとは何から何まで不運で悪い世の中に原因があったとされているし、世間からの敵意ある攻撃のせいだと彼らは思っていたからだ。

ゾラは無関心の状態に陥った。ランゴがそうだったようにゾラもはぐらかしてしまうのか。抜け目なく交わして、ことばは極端に削られていき意味が曖昧になり、問いかけそのものが役に立たない突飛な考えのなかで、何を聞いているのか見失うようになるのだろうか。

ゾラが再び我にかえり両目を開けた。そしてさっき話していたところに戻って、彼女の詳しい報告を再び始めた。「ニューヨークで踊りの舞台をするのはやめにしたの。エージェントが長々とした契約書を持って会いにきたわよ。望む額でね、わたしはいくらでもお金を儲けることができたわ。毛皮のコートや豪華なイヴニングドレスを何着も持っていたわ、旅行だって行けたしね……」

「それで？」

「それで、わたしは何もかも止めてグアテマラの家に帰ったの」

「グアテマラの家へ？」

ゾラはからからと笑った。こらえきれずに、ヒステリックに、あまりにも長い間笑い続けていたのでジューナは怖くなったほどだ。咳による痙攣がはじまって笑いは止まった。

「エージェントの顔を見てほしかったわ、わたしが契約書に署名しなかったときの。そこにいたみんなの顔も。面白かったわ。大金より彼らの顔の方がよっぽど愉快だった。彼らをそのままにしてわたしは故郷へ帰った。グアテマラをもう一度この目で見たかった。道中ずっと笑いが止まらなかった、わたしが公演をやめるって言ったときのあの人たちの顔を思い出してさ」

「その頃病気だったの？」

「わたしはずっといつも病気だった、子どもの頃から。でも、それだからっていう理由じゃなかったわ。わたしは人に頼ってはいなかった」

ジューナは思い出していた。ランゴが話してくれたのだ。一般人の自宅で踊りを披露するというゾラとの契約をパリで取るのに力をいれていた、ある友人の話だ。ランゴはその友人とカフェで会う約束をしていた。「ぼくは五時間遅れて行った、それで彼女は混乱してしまっていてね」この話をする度に彼は笑った。待ち続けて泡を吹くぐらい激怒してカフェで座っているこの友人を思い出して、彼は可笑しくてたまらなかった。

「グアテマラに半年留まっていた。お金が無くなってしまったのでニューヨークへ帰った。でも誰もわたしと契約を結ぼうとしてくれなくなったわ。みんな、ぶち壊しにしたあの契約について、お互いに知らせ合ってたわけよ……」

ランゴが薬を買って帰って来た。ゾラは嫌がって飲まなかった。倉鉛《ビスマス》は彼女の胸焼けと痛みを緩和してくれるはずなのにゾラは飲むのを拒んだ。ゾラは壁の方にそっぽを向いて寝てしまった、ジューナとランゴの手を握りながら。彼女の気まぐれに二人は鎖で縛られていた。

ジューナはさすがに疲れて頭を垂れていた。ランゴが言った、「へとへとに疲れているよね。もう家に戻った方がいい。時々ね、確かにぼくだって考えるよ……」と。ジューナは哀願するような目つきで彼の顔を見上げた。ゾラは病気で気持ちが落ち着かない子どもみたいでかまってやらないとどうしようもない。しかしゾラの有害性で、ジューナとランゴの生活を病毒で汚したり指図したりさせてはならないという共通の認識で二人は結束しているのだと、ジューナは心底激しく望みながら。

ランゴはジューナを見たが、彼の目は彼女が見ていたものを見てはいなかった。「時々ぼくも思うけど、あなたがゾラについて言うことは、その通りだ。彼女は馬鹿なことをいろいろやらかすよね……」それだけだった。

彼はジューナを戸口まで見送った……寒々しい誰もいない通りを彼女はまじまじと見た。

夜が明けるほんの少し前だった。彼女は温《ぬく》もりと眠りが必要だった。このままの生活を続けるなら、彼女はランゴと同じくらい見て見ぬふりをしていく必要があった。彼女の認識は何の役にも立たなかった。それは更なる重荷を彼女に背負わせるだけだった。ゾラは決して治そうとはしないのに、あんなに献身的に尽くして介抱するのは全く以て無駄だという認識が、心のなかが歪んで狂った一人の人間に二人の人生を捧げるのはおかしいという認識が……。この認識がランゴからジューナの心を引き離していたし、もっとも、ランゴのゾラへの盲目的な信頼にジューナはついていけなくなっていた。その認識は彼女に重くのしかかり、彼女を孤立化させた。今夜は、疲労感から、ランゴの肩に彼女の頭を寄せて休みたかった、彼の腕のなかで眠りたかった、しかし、彼の肩には既に別の頭が乗っかっていた、重たい苦悩の荷が。

あたかもまるで、一緒に行ってとジューナが言うのを恐れるかのように、彼は言った。「ゾラを一人にしておけないからね」

ジューナは黙ったままだった。分かっていることを彼女は洩らせなかった。

ゾラの気まぐれや行き過ぎた要求にさすがのジューナもやんわりではあるが抵抗したときに、ランゴはこう言ったのだ。「ぼくは二つの激しい情念の板ばさみなんだ。だからあなたは、ぼくを助けてくれなくてはね」

彼を助けるということはゾラに従うことを意味したし、ゾラが最終的に二人の仲を壊すことになると分かっていた。

毎日ジューナは彼女の認識していることと明晰な見通しを表に出さずに隠しこんだ。露わにしようものなら、無防備なゾラに対する非難だとランゴは考えただろうから。

ノブレス・オブリージュが沈黙を強制した。そしてジューナとランゴの関係を大破してしまうというジューナの気づきのすべては、ゾラがこの関係のなかで最も高価な受益者であるからして、ジューナの苦しみをさらに増大させるだけのものにすぎなかった。

ゾラが不思議とあらゆる闘いに勝ち抜いた。そしてランゴとジューナは、二度と一晩通して一緒に過ごすことはできなくなっていた。


愛をむしばむものは何か、秘められた不思議な謎である。

ゾラの正気への懐疑心を、もちろんジューナはランゴに間違ってもことばにしようとは思わなかったが、あらゆる献身的介護を無益なものにしていたし、ランゴとの親密さに見解の不一致を作り出していた。この懐疑心に対して距離を置いた分かりやすい理解があれば、ランゴをこんなに奴隷化することはないし、ここまで心配や気遣いをさせなかっただろうに。それにジューナとランゴの仲をまた再び親密にしただろうに。ところが、ゾラの理不尽な要求とジューナとランゴの行動に対する歪んだ解釈へのランゴの忠実さが、ジューナの知性と気づきを絶えずいらいらさせるのだった。

ジューナの為すべき事柄を果したときの沈黙は、今や彼女の感情の内で徐々に孤立化していった。

ゾラのために食事の料理をしたり、あれこれ用事を済ませたり、新しい医者がいないか探しまわったり、下着を買いに行ったり、部屋の模様替えをしたりすることは妙な話だった。こういったことにゾラは反抗的な態度をとることや、彼女にとって病気が彼らを支配する一番の財産であるからして決して良くなろうとはしないのが、分かっているというのに。

しかしランゴはゾラのそういうところを何としても信じる必要があった。新しい薬ならどれでも、新しい医者なら誰でも彼女の病気を回復させることができると信じた。

ジューナは今、小さい子どもの頃に感じたのと同じ気持ちになっていた。カトリックの教義を拒否していたけれども、母を喜ばせるためには、教会の礼拝に行き続け跪いて祈りを捧げ、儀式を行わなくてはならなかったときの気持ちだ。

ランゴは彼が信じていることから逸脱するのは、それが何であれ、ゾラへの愛情を裏切ることになると考えていた。

介護の節目ごとに、健康を取り戻そうというこの闘いをゾラは覆すのだった。陽あたりの良い部屋に変えても、彼女はブラインドを下ろしたまま空気と光を入れようとしなかった。上流の河辺へ皆で出かけたが、ジューナがゾラに贈った水着をゾラは形をもっと良くしたいといってズタズタに切り裂いてしまい、間に合わず着られなかった。また皆で公園へピクニックに出かけたけれど、ゾラは薄着をしすぎて風邪をひいてしまった。レストランで食事をしたときは彼女の体質に合わないと知っているものを食べてから、明日は具合が悪くなって一日中臥せってなきゃあと声高に予告していた。

ゾラはまたもう一度踊りをやってみようかなと弱々しく話を切り出したが、自分一人で何かしようとはせずに、必ずジューナとランゴが見ている前でのことで、そのための運動がきつくて心臓がどきどき鼓動が激しくなると、ランゴに決まってこう言った。「あなたの手をここにあててちょうだい。ねぇ、こんなに心臓が激しくなるのよ、わたしがまた踊ろうとすると」

ジューナが時おり示す無関心や自己防衛の麻痺はランゴによって全滅させられるのだ。

「ぼくらはゾラを死ぬほど苦しめているよ」とまで彼が一度言ったことがあった。

「わたしたちが彼女を死ぬほど苦しめているですって？」ジューナは鸚鵡返しに言った、もうびっくりしてショックを受けて。

「そうなんだ、ゾラが前に一度こう言った、ぼくの不貞が彼女を病気にしたのだと」

「でも不貞って何に対してなの、ランゴ？　彼女はあなたの妻じゃないじゃない、彼女はあなたの病んだ子どもでしょ、わたしが来るずっと前から。お二人の関係が兄妹という友愛の関係というのはあなたがたの間で承知のことじゃないですか。だから早かれ遅かれ、あなたは大人の女性からの愛が必要になるというのも承知のことでしょう……」

「女の人への情欲、一時の欲望ということならゾラは問題にはしなかった……でもね、ぼくはあなたには、はるかにそれ以上の愛情を捧げている。そこのところがゾラには受け入れられないというわけだから」

「でもランゴ、ゾラはわたしに話してくれたわ、ゾラはわたしたちが関係していることが嬉しいし安心しているって、わたしたちが守ってくれると信頼しているし、わたしがランゴを遠くへ連れて行ってしまわないのが分かっているからだと。その上、彼女は二人から の愛情を勝ち取っていて何も失ってはいないと言っていたのよ……」

「人はそういうふうに言えるんだよね、だけど裏切られたと感じてるんだ、傷つきながら……」

ランゴはジューナに二人の恋は償わなければならないものだと説得した。たとえゾラがいつもの病いから回復しようとしなくても、たとえ子どもっぽい態度でも、二人が恋人でいるから二人してゾラを守っていようとも、それでも二人は償わなければならない……償い……償い。ランゴはジューナがゾラの気持ちを害したことはどんな献身的な愛情でも決して補えないのだ……。朝一番に起きて味覚をそそる喉ごしの良い食べ物を買いに行っても決して補えない。身の回りの衣服をきちんと整えても決して補えない。ゾラのむら気に一つ一つ全部答えても、ランゴの言う通りにして繰り返し何度もゾラのご機嫌をとっても決して補えない。

ジューナは極度に盲目的で感覚が麻痺するような献身をゾラに尽くした。ジューナは、ランゴとの熱烈な喜びに浸る僅かな限られた時間、これだけを求めている、眠れる夢見る人になっていった。そして残りの時間はその償いのためのものだった。

夜にランゴは自分が薬を取りに行っている間、ゾラを看てやっていてほしいと、ジューナの扉のベルを鳴らして呼び出すのだった。

そんな眠れる夢見る人となったジューナは冬のコートを病院にいるゾラに届けるために、雨の降る午後、泥でできたぬかるみの丘をただ歩いて登って行った。

ジューナの所持している衣服があまりにも少なくなっていくものだから、ジューナの父親はその様子に気が付き始めて何事なのか説明してほしいと娘に聞いた。「おまえのコートはどこへ行ったんだい？　どうしてストッキングをはいていないの？　なんだかおまえはこの頃、浮浪者みたいな身なりだねぇ？　新しい友だちの影響なのかい？　どんな仲間たちなの？」

ジューナの瞼の上に触れるランゴの心地良いキスは目隠しをするような、精神を麻痺させるような催眠術となり、ジューナに「この頃ね、わたしはボヘミアン気取りなのよ」と言わせて貧しい身なりに扮装して楽しんでいる彼女を父親に信じ込ませた。

その午後、病室にジューナとゾラを二人だけにしてランゴは出て行った。彼が病室を出るやいなやゾラが言った。「棚の上のあの瓶を取ってくれないかしら。消毒液よ。この籐の椅子に垂らしてちょうだい。看護婦さんったら、けちでね、ほんの少ししかかけてくれないの。たった二、三滴を測るのよ。あの看護婦はわたしには治ってほしくないのね。あの人は薬を倹約してばかり。とにかく知ってるのよ、わたしは、その薬を多くすればわたしは良くなるということを」

「でもゾラ、この薬品はきついのよ。あなたの皮膚を火傷させてしまうわ。看護婦さんは節約なんてしようとしていないわ」

ゾラの目に断固とした悪意が表に出ていた。「あなたはわたしに死んでほしいんでしょ？そうすればあなたはランゴと一緒になれるものね。だからあなたはわたしに薬をくれないのね」

ジューナはゾラに瓶を渡した、そして彼女が籐の椅子の上に強い消毒液を注ぐのをジューナは見ていた。ゾラは皮膚に火傷を負うだろう、でもジューナがゾラの味方なのだということを少なくともゾラは信じるだろう。

猫の目のように開いたり閉じたりするランゴの切れ長で東洋人のような目、斜めに傾いた黒い目、その彼の目が現実とあらゆる理性を見るジューナの目をまもなく閉じてしまうだろう。

ジューナが知らず知らずのうちにも見て気づいていた偶然性について、ランゴは分かっていなかった。ジューナが二、三日来ない間はゾラの病状が落ち着いていた。ジューナがまた戻って来るといつだって病気の悪化が起こった、そうして、ジューナとランゴは夜に会えなくなった。

これはあまりにも周到で必ず決まって起こるので、ゾラがお膳立てしているのがジューナには本能的に分かった。だからジューナが何日かぶりに戻る時には自分で自分に言っておくことにした。「ランゴに会えるからって有頂天になってはだめよ、あなたが戻ったことで間違いなくゾラの具合が随分と悪くなって、それでランゴは自由に出られなくなるのだから……」

それにまたランゴは病気（避けられないものだと彼は疑わず信じていた）に対して論破したり反感を抱いたりできなかったし、この考え方でいくと、ゾラの破壊したいという意思の言われるままになることを彼は見抜けなかった。というわけで、彼は不当にも不公平にも、病気以外の他の状況を覆し反感を持つのだった。この反逆精神の発端をジューナは探り当てたいと思い、突き止めた。家のなかでは反乱しようにも失敗してしまうので、家庭以外の環境や場面に逸《そ》らせて転じるようになったのだ。彼は政治をやたらに論破した、彼はゾラ以外の他の女性たちの病気に対して批判した。彼は亭主たちを反動するように扇動した。さらに無理やりでもその男性たちをカフェへ連れ出したりした。これはちょうど、ジューナがゾラの幼稚さを公言しようとは間違っても思わないから、他の女性たちのどうしようもない子どもっぽさに対して、時々批判的に長々と熱弁をふるったりしてしまうのと同じだった。

家庭のなかでの出来事が余りにもいろいろありすぎて、一つの避難所としてジューナのもとへランゴは逃れた。彼の重たい頭はジューナの腕の上にずっしりと傾げられたり彼女の両膝に彼の両腕の全体重がかけられたりした。そういうときジューナが疲れていても、そのことは表に出さなかった。もう十分重荷を背負わされている人の、さらなる重荷になるのではという心配を露わにしたくなかった。ジューナは自分が必要としているもの、自分の弱み、自分の不利な立場、自分自身の心配事や悩み事を偽ったり取り繕って隠していた。こういうすべてをランゴには知られないように包み隠した。だから、立ちはだかる難題をどれもこれも克服できる無限の活力と果てしない能力がジューナには備わっているというイメージが、ランゴの心に大きく育っていった。このイメージが何かでも損なわれると、約束が破られでもしたようにランゴをいらいら怒らせた。彼は彼女の強さが必要だった。

ゾラが切手を買って郵便で手紙を出したり一人で友人を訪れたりする能力がないことや、

ドアをまごついて開けられないことや、こういう対応できない無能さにランゴが非常に寛大だし、つまりゾラの弱々しさをランゴは愛しているように見えた。そこにジューナが痛切な精神的乱れと不当な仕打ちを感じる所以だった。ゾラの極度の幼稚さがためにジューナとランゴとの自然な人間関係が奪われるのだ。これが二人の女性を対極に位置づけた、ライバルではなく、破壊と構築、虚弱と力強さ、貰うと与える、という二極である。

ジューナが取りつかれて判断能力を失いつつあった催眠術を打ち破るかのように、あるショックな出来事が起こった。

ゾラにジューナのほとんどの洋服やアクセサリー全部を譲ったときは、こんな身なりじゃ出ていけないと思うような友人たちに会うことや、行事に参加することを断念するしかなかった。そんななか、ジューナはゾラのもとへ不意に赴いたとき、ゾラは床に置いた六個の旅行かばんを開けて、その横に座り込んでいた。

「新作の踊りに使う衣装を考えているところなの」と、ゾラは言った。

旅行かばんから衣服が溢れ出していた。舞台衣装だけではなくて、コートやドレスやストッキングに下着も靴も入っていた。

ジューナは戸惑う様子を見せたのでゾラは旅行かばんの中身を全部彼女に見せ始めた、

こう説明をつけながら。「ニューヨークで踊りの仕事が上手くいっていた頃にこれ全部買ったのよ」

「でも今着ればいいじゃない！」

「ええそうね、でもすばらしすぎるじゃない、どれも。このままにして、わたしは時々見ているだけでいいのよ」

これまでいつもゾラは破れた靴に繕ったストッキングを履いて、冬だというのに薄着をしてきたというわけだ、ジューナから引き出した全部の衣服を着ることなしに。

このことが分かってジューナは心底驚いた。ジューナが変だなとずっと思ってきたことに間違いなかったことがこれではっきりした。つまり貧しくてぼろ着をはおり、寒々しいつましい身なりの悲惨な女として、ゾラは最も巧妙な好都合におさまる故意の役割を演じていたわけだった。それにこの冴えない身なりは、ランゴの哀れみを絶え間なく呼び起こした。わざとしていたことだったのだ、どんなときにもゾラはジューナよりもはるかに素敵に装うことができたはずだったのに。

その晩、ランゴに聞いてみるのを我慢するのはジューナにはできなかった。「今年の冬に着るわたしの毛皮のコートをゾラのために手放したでしょ、それなのにゾラは旅行かばんのなかにずっと前から毛皮のコートを一着持っていたのよ」

「そうだろうね」と、ランゴは言った。「ゾラのなかにジプシー気質っていうのがあるからね。ジプシーはいつも綺麗なものは特別なときのために取っておくんだ、時々それを眺めるのが好きでね、でも滅多に身に着けない」

「わたしは気が狂うのかしら?」ジューナは自分に問うてみた。「あるいはランゴはゾラと同じくらい狂っているのかしら? この不合理を、この残酷さを彼は気づいていない。人の哀れみを駆り立てる欲望に執着した一人の女性のために、わたしが自分のものを明け渡すべきであり、それが当たり前のことだと彼は考えているのだ」

しかしこの出来事はジューナのランゴへの信頼を脅かしたので、彼女は再び目をつむった。

俳優は自分が演じる役が分かっていて時間がくればその役を捨てて自分自身に再び戻って自由に歩き出せるから、激痛に苦しむことはない。

しかしジューナの普段の生活のなかでの役割は逃れようがないように見えた。自分が信じてもいない大義に献身的になるように運命づけられているのだ。ゾラは決して良くなろうとはしないだろう、だからランゴもまた決して自由にはなれないだろう。彼女は激痛に襲われた。なぜかというと、彼女がとったこういう不自然な状況や、相手の望み通りにしてあげたりする度に自分の気持ちが歪められるので、彼女には心身の負担があった。彼女がランゴを愛する限り、ジューナは決して二度と自由に自分自身でいることはできないという彼女の認識が存在したからだ。

いよいよ身体が疲労困憊してしまい、彼女はしばしばどこかへ逃亡してしまおうと思うのだった。

疲れ果てた身をランゴに見せまいと今回はロンドンの友人宅に二、三日身を隠そうとドーバーとカレー間を結ぶ船に乗った。

デッキに座っていると、霧の立ち込める午後だったが、彼女はあまりにも意気消沈して疲れがどっと出て眠ってしまった。疲れた、疲れた、疲れた、彼女の身体はデッキの椅子で深い眠りにおちていった。ただただ爆睡した　……　彼女の肩にまるで呼びかけているかのような人の手を感じて気がつくまでは。彼女は目を開けたくなかったし、答えたくもなかった。目を覚ますなんて気が進まなかった。ぐっすり眠りこけているふりをして、合図をおくってくる手招きにそっぽを向けていた……

しかし声は言い続けてくるのだった。「お嬢さん、お嬢さん……」

歎願している声。

顔にかかるしぶきと船の揺れに気がついて周りの人の声も耳に入ってきた。

彼女は目を開けた。

一人の男が彼女の方へ寄りかかっていて、その人の手はまだ彼女の肩に置かれていた。

「お嬢さん、すみません。お休みになっているのに起こしたりして失礼なことを、お許しください」

「どうして起こすのですか？　わたしは疲れに疲れているのです」彼女はまだ完全には目覚めていなかった、怒るほどに文句を並べるほどにも覚めていなかった。

「許してください。説明させてくださるでしょうか。ふざけて声をかけているのではありません。わたしは傷痍軍人です、それもかなりの重傷で、語りつくせないくらいに。回復できないままに、霧の日のこういう湿った空気、雨も、船に乗って海に出ることも、本当は耐えられないほど辛くなる。痛みが、とにかく身体じゅうに痛みが、差し込んでくる。わたしの仕事上、しばしば出張しなくてはならないので。こうなると、もう拷問です。今英国に戻るところです……痛みの発作が始まるとどうしようもなくて、誰かに話しかける以外は。どなたかに話しかけなくてはならなかったのです。周りを見渡しました。どの人の顔も見ました。あなたが寝ておられるのも見ました。無神経なことだというのも承知です。でもこう感じたのです、あの女の人がわたしが話しかけられる人だと。きっと助けてもらえると。申し訳ありません」

「いいんですよ」ジューナは答えた。

それから彼らはずっと話をすることになった、船を降り汽車に乗ってロンドンまでずっと。彼女がロンドンに着いたときにはもう疲れ果てて倒れてしまいそうだった。彼女は一流のホテルの部屋をどうにか見つけると十二時間眠り込んだ。そして彼女はまたパリに帰っていった。

ジューナの人生について、もうこれ以上自問自答するのは止めて、これ以上解釈をしていくのも止めて、これ以上考察をいれるのも止める。彼女は運命に身を任せた。彼女の運命じゃないか。船上で出逢った傷痍軍人が彼女にそう思うようにさせたし、納得させた。

哀しみが染み渡る思いで、彼女はピルエット、ダンスのつま先旋回をしてみせた、気づきの意識が胸中を廻る回り舞台の上で。そうすることで彼女が今までずっと適応させてきた、たとえ見せかけでも睡眠中でさえ、この役割を演じるという状況に戻っていった。

しかし人は偽りの衝動に動機づけられた役割を演じていると、不安な気持ちから形づけられた強制や歪みのままに動かされてしまう。この役割は心底必要とされたものではないわけで、真実の本性に応じない演技である。この役割はまた耐え難い精神的緊張をこうむる感覚である。

自分自身への偽善を推し量る方法はそう幾つもあるものではない。けれどジューナは分かっていた。最も誤りがない一つの決め手は湧き上がるような楽しみが無いということである。どんな仕事でもこの楽しみ無しに成されるものは自分の本性に対して虚偽なのだ。ジューナがゾラに途方もなく寛大に譲歩し与える際には、ジューナはまったく楽しく感じなかった。なぜならジューナのその行為はランゴとゾラの両方から歪められ誤解されていたからだ。ジューナのなかに本当の心からの自然な善意があったなら、自分自身をここまでことごとく全滅させなかった。こんなにまで状況を深刻化させなかった。

しかしまた、この役割は終生続くことになるのだ。ランゴが、洞察することや変えていける可能性を否定し、また方向を見定めてみることで明快な変化が生じる可能性を否定したからだ。ジューナとランゴは船の舵を失ってしまっていたし、だからゾラの狂気にも寛大な情けをかけた。

プロの俳優たちに与えられている高い評価もジューナは手にすることができなかった。

実生活では、人は役割を演じるということもするわけだけれども、騙される者はいない、つまり見て見ぬふりをする。最も鈍くて感受性も乏しい人でさえ、むしろ何かしっくりしない違和感を持ったり、ぎこちなさをかぎつけたりするかもしれない。舞台の上で、ある役柄を創り上げる芸に俳優は称賛を受けるのに対して、実生活のなかで、ある役割創りをし続ける探究に称賛を受けられる人は一人もいないのだ。

彼女はまたもう一つ別の逃避行を計画していた、今度はランゴとゾラも一緒に。あの二人を海岸地方へ連れ出そうと考えていた。自然のなかへ身を置けば、みんなは癒されるかもしれなかったし、ゾラを強くしてくれて、あの二人に平和をもたらすかもしれなかった。

ゾラに旅の身支度をさせランゴに困却しているごたごたをとりあえず整理させるのは、実に骨の折れることだった。一行は一台どころか数台以上の汽車に乗りそこなった。ゾラは大きな旅行かばん二つに身のまわりのものを詰め込んだ。ランゴは借金を抱えていたので借主たちは彼がパリから離れるのを嫌がった。

ランゴはまた借りた金でジューナに贈り物をした。モロッコ製の細くて白い革のベルトだった。

ランゴからのはじめてのプレゼントにジューナは嬉々として誇らしげにそのベルトを身に着けた。ところが駅で三人が集合してみると、ゾラが全く同じベルトをしているのを見て、途端に自分のベルトに魅力の欠けらも無くなって彼女はそのベルトを投げ捨てたのだった。

朝のうちに到着した漁港は陽の光のなかで燦燦《さんさん》と輝いていた。三日月型に入り組んだ港には世界中からのヨットや漁船が碇泊していた。何件ものカフェが埠頭に沿って立ち並んでいて、三人が座ってコーヒーを飲みながら、数隻の船上に船員たちや旅行者たちがキャビンから出て来てにわかに活気づくのを眺めていた。幾つもの小さな舷窓が開けられ、甲板のハッチが上げられ帆が張られていくのを見ていた。水兵たちが真鍮を磨いたり甲板を洗いはじめるのを見ていた。

三人の後ろには丘が拡がり、ムーア人らが地中海沿岸を侵略していた間に建てられた白い家々が点在していた。

その場所は、何日も続くカーニバルのように活気に溢れていた。港や船のはためき、輝き、躍動感がカフェや観光客たちに反映されていた。女たちが首になびかせているスカーフは帆船が誘うなまめかしさに応じていた。そこにいる人たちの目も肌も笑顔も真鍮《しんちゅう》のように磨き上げられていた。女たちの貝殻の首飾りは空と海を映し出していた。

ランゴは丘のてっぺんの林のなかにゾラと泊まる宿を見つけた。ジューナは丘からずっと下りた港に近いホテルに部屋を取った。

ランゴが自転車で丘からやって来て港町のカフェの一軒でジューナと落ち合ったときには、太陽はもう沈み始めていた。

夜の帳《とばり》と海はビロードのように滑らかで慈愛の情を醸し出し、やさしさの核心を開け広げていた。草木がいつもより神秘的な開花を発散させるように、人々もまた同じようにいつもより晴れやかな自己を放って、秘められた開花のときによりふさわしい色彩と香りを身に着けた。夜の到来に合わせて、草木は葉々とその影を張り広げていた。

自動車は、大胆不敵な笑いとともに生意気に振られるスカーフにまじり、お楽しみごとの旗を万となびかせて通り過ぎた。

人々のお喋りは、みな親しい者同士の和気あいあいとした声に包まれた。海、陸地、身体は同盟を組もうと躍起になっていた、サンゴ礁の朱赤色とトルコ石に似た青緑色と、インディゴブルーとオレンジ色の、胸わくわく躍るような出来事に合わせた羽毛飾りを身に装って。人間の花冠《かかん》は夜に開いていく。追いかけられるように誘い、捕らえられたがり、生気に高まりみなぎらせてあらゆる拡がりへと開いていく。

そしてランゴが言った。「ぼくはこれで帰らなくちゃ。ゾラは暗くなると怖がるからね」ランゴにとって一人で帰るよりもいいからと、彼女も自転車でお伴をした。そしてまた一人彼女がホテルの部屋に戻ってみたものの、海が発散するさまざまな呼気が彼女を再び外へ出かける気にさせた。それでまた港町に戻って、さっきランゴと座っていた同じテーブルについて港の賑やかさを眺めていた。彼女が少女の頃に、招待されていない隣の家のパーティーを自分の部屋の窓から眺めていたときと同じように、自分には得難いお楽しみの数々を羨ましく思って見ていた。

港町の郵便局長が演奏するアコーディオンに合わせて人々は広場で踊っていた。郵便配達員に踊りましょうと声をかけられても、ランゴの嫉妬と咎めるような目つきが彼女に向けられているような感じに囚われた。舷窓の一つ一つ、照明の一つ一つが踊っている彼女を叱りつけながら監視しているような感じがした。

そういうこともあって夜の十時に港町とお祭りを引き上げて、彼女の狭いホテルの部屋へ自転車で帰って行った。

坂道になっている最後の角を曲がるのに、自転車を前に押し出すようにして登って行った。その時、懐中電灯が一階から彼女の部屋の窓に向かって照らされるのが目に入った。誰が懐中電灯を振りかざしているのかよく分からなかった。でもランゴじゃないかと思って明るく彼に声をかけた。多分ゾラが眠りについたので彼は外に出られるようになって彼女に会いに戻って来たのだと思いながら。

ところがランゴは彼女の呼びかけに怒ってこう言った。「いったい何処へ行っていたんだ？」

「まあ、ランゴ、ひどいわ。夜の八時からホテルの部屋に戻りたくなかったから。それでもまだ十時、戻ってきたわ、わたし一人で。どうしてわたしに向かってそんなに怒れるの？」

でも彼は怒っていた。

「あなたはひどいわ」彼女は言った。そして彼の横を通ると、ほとんど小走りに彼女は自分の部屋の中に入って鍵をかけた。

彼を拒否するような気持ちを彼女が露わにするのは滅多になかったが、彼が夕食どきに来ると約束しておいて、やっと夜中に来たりしたときにはさすがに彼女も気持ちをそのまま表した。そういうときのランゴの怒りはやがて収まってドアの叩き方も横柄ではなくなり、むしろ穏やかにおどおどした様子にかわるのを彼女は見て取った。

今夜起こったことも同じだった。だから彼の小心なところが彼女の怒りを和らげた。彼女はドアを開けた。そうしてランゴは彼女と一時を過ごしてまた寄りを戻した、壊れた彼の乱暴さを纏めて、はんだ付けしてしまったかのごとくに。

「あなたはヒースクリフみたいわね、ランゴ、いつか何もかも壊れてしまうでしょう」

ジューナの友だちたちに対して矯正できないほどの嫉妬心があった、というのも彼にとって彼女の友だちたちは、彼の手が届く範囲の外の生活に彼女を引っ張っていく共犯者となる仲間たちだからだ。その人たちはライバルになるかもしれないし、目撃者であり、ことによっては不貞をそそのかす扇動者たちにもなりうるのだった。その人たちは二人を別れさせようと密かに共謀しているやからなのだ。

ランゴとの関係には含まれていないジューナの側面を映し出す彼女の友だちたちへの嫉妬心はもっと危険を孕んでいた。あるいはまたランゴとの愛情のなかには包含されていないジューナという人の側面を露呈した。ランゴにはさらけ出せない知られざるジューナの面を、明らかに表に出せる彼女の友だちらに対する彼の嫉妬心はさらに一層危険を孕んでいた。そしてこのジューナはちょっとお茶目で気さくな平和を愛するジューナだった。強暴性ではなくて調和をこよなく愛する人、ランゴには知られざる領域である情念の外側に明快な気持ちを悟る人だった。あるいはさらに、友好な関係は努力や人の行動を考察することで達成できると、運命は変えることができると、人の紆余曲折した経歴も洞察を入れることで方向を変えることができると、信じるジューナという人だった。

想像力を活かして人の悲しみの領域から、どうやって逃避するかを分かっている人たちを彼女は引き寄せた。ポールの延長線上にあるような人物が現れて、しかも特にその人をまるでポールの生まれかわりみたいにランゴは嫉妬した。たわいない友だちづきあいでしかないのをランゴは知っていたのだけれども、それでも彼はその人のことになると怒り狂った。ランゴの強暴性と猛烈さを打破する一つの環境を、ポールのような青年はジューナに提供することができた。

その環境とは悲しみの外側にある領域、一つの地上の楽園を追う彼女の昔からの探究と同じ世界だった。

ポール二世と砂浜で寝転がった（一方ランゴとゾラは昼過ぎまで半日寝ていた）、そして二人は流木で九柱戯［ボウリングの一種、九本のピンを倒す競技］を作って遊んだ。砂を掘って迷路を作った。そして二人で浅瀬に潜って海藻を探した。それから二人で飽き飽きするぐらいに次々と物語を創った。

彼ら二人の寄り添いを唯一表すのは彼の小指を彼女の小指に近づけるというものだった、あのポールがしたように。だからこれは、あのポールへの彼女の繋がりをこだましていた。儚い結びつき、戯れの契り、だがしかし、その心づかいと優雅さの至るところに生気を与え活気づけてくれるものがあった。

暗闇の苦痛を慰籍する玉虫色に輝く束の間の時間。

戻って来たときのランゴは、ぼおーとして、ゾラとの喧騒と淀んだ生活に汚れまみれていて、ジューナは怒りと恨みから成るこの引き波、負の影響に直面するのにより強くなっている自分を感じるのだった。

彼女はインディゴブルーやサフランイエローの鮮やかな明るい彩色のドレスを着た。そして彼女は光沢に輝くまで髪の毛をすかした。ランゴを良い方向へ染めていかせたいという願いで、あらゆる彼女の身振りに喜びを高らかに賛美してみせた。

しかしよくこうなってしまうのだが、まさにこの喜びようが彼を警戒させるのだ。彼女をそうさせた要因を彼は怪しんだ。彼女が彼と一緒に歩んだことのない世界、つまり彼が彼女に与えることなど決してなかった平和、信仰、やさしさの領域から彼女を取り返そうとするのだ。

ポール二世は彼女の小指を専有しただけで他には何も要求しなかったことに間違いはない。彼女を抱くランゴの身体は土のようにどっしりとしてもっと強くて温かいことに間違いはない。落胆してだらりとした彼の両腕は彼女の脇にあまりにも重く垂らされて彼女にはどけることもできないのは間違いない。ランゴの身体は土と火から出来ているが決して明るく照らされることはないし、土や火の上に高くおかれることもない。決して土や火から放されることもない。その脈絡のなかで絶望的に縺れ絡まり続けることも間違いはない。

ランゴを自由にしたいというジューナの夢は日に日に崩れていった。彼女がランゴとゾラにこの太陽と海を贈っても二人は宿で眠っていた。ゾラは水着をずたずたに引き裂いて、そしてまたそれを縫い合わせていた。彼女はそれをこれから何年もかけて縫い続けるのだろう。

四分室の心臓とは、裏切りの行為のための区分ではないということが、ジューナにとってはっきりした。ランゴという人が出入りできない彼女の人生に不可欠な境界が存在するということなのだ。一つの部屋にポールのイメージを住まわせて、別な部屋にはランゴをというのは背信ではない。ランゴを愛するためには、ポールが息づく部屋を彼女は壊さなくてはならないというのではない。つまり、四つの部屋に分かれた心臓とはジューナの内面奥深い精神《サイキ》にあって、ランゴには達成することも彼女に与えることも全く以てできない、一つの聖域への一つの渇望なのだった。

ポールの兄弟に安心の一時を、忘却の瞬間を、ジューナが求めたとしたら、夜の暗闇のなかにも非の打ち所がない、彼女を保護しすべてのものごとを許してくれる、ある人をも求めた。

弱点を持たず、そうだねと理解を寄せて疲れを知らない愛情に溢れている、その人はジューナが幼少の頃に失った父なる神のような人だった。

ジューナはひとり夜、ランゴとの苛まれる一日を終えて、ランゴを理解する術を習得しようと無駄なこの苦しみの種に悩む自分に対する反感を抑えられずにいた。この地獄をランゴ自らが好むことに彼女の目標はくじかれた。なぜならば、それは現実だ、それは生活そのもの、士気を高める生活だ、そこにあって幸福というのは二流の理想にすぎない、詩人やロマン主義的な空想家、芸術家たちによって軽視されながらも維持されているものだ、と彼は言うからなのだ。ひとり夜、ランゴは破滅に運命づけられていて二度と全人的な健全な人にはなれないのだと、ジューナ自身認めざるを得なかった。厄介なごたごたを自ら好んでいるランゴは自分を堕落させている。戦争や紛争が人生の味を強めると信じ込んでしまっている。騒動は火のように欲望の最高潮には必要だとする。こういうランゴとの関係からジューナはひとり離れていた。そしてそのことに底知れない孤独の深みを前触れもなく感じていた。ランゴのことを子どもみたいだと思うときや、また違った折に彼女が死に寄り添うようにしていたとき、彼女は神のような存在に気づいていたことがあった。

今また同じようにこの神のような存在を彼女は感じた。彼が誰であろうと、彼女にやさしくしてくれて、彼女を抱きしめてくれ、彼女を寝かせてくれる人なのだ。彼女は守られて、過敏な神経の縺れた結び目は解かれて、彼女は心の平穏が身に染みた。彼女は眠りに落ちていった。すべての心配事は溶解されて消滅していった。どんなにその人を必要としていたことか、彼が誰であろうと、どんなに眠りを必要としたことか、彼女は心の平安が必要だった、彼女は父なる神のような人が必要だった。

漁港に射すオレンジ色の光のなかで、インディゴブルーの海は拡がり、朝のロールパンの焼きたての贅沢な香りに早朝の波止場は楽しい喜びに溢れていた。そんななか、ランゴという情景はますます幻覚のようになってきた。

葦の茂みを歩いてくるランゴはバリ島の住人のように見えた、彼の茶褐色の肌の色と燃えるようにギラギラと輝いた瞳からも。

二人して夜、砂浜で火を囲み牛肉を炙っていると、彼はなんと自然と一体化しているように見えることか。両手を器用に素早く動かして強健な両脚でかがみながら。心地よい風を受けながら何時間もペダルを踏み続けたサイクリングから戻ってくると、疲れと咽の渇きを覚えるも身体が感じる幸福感と満足感で我を忘れた。だが、その後、彼のいつもの強迫観念がぶり返すとその様はむしろ病いに見えたのだった。

ジューナにはあらゆる厄介事の前触れを察知できた。彼女が自転車に乗っている間に他のサイクリング仲間たちと合わせて歌を歌ったり笑ったり、あるいはうなずいてみんなに同意したりしたらランゴはこう言い始めるのだ。「あなたとあの青年の自転車がカフェの壁にぴったり寄り添うように止めてあったのを朝見たよ、まるで一晩を一緒に過ごした二人みたいに」

「あら、でもランゴ、彼はわたしより後にやって来たのよ。単に彼の自転車をわたしの自転車の横に止めただけのことよ。みんな朝食をあのカフェでとっていたのよ。何の意味もないわ」

ゾラの狂気がランゴにうつったのではないかとジューナが思うときがしばしばあった。そういう気持ちになると、彼を助けてやりたいと思うようにもなるのだった。だから彼の言うことに辛抱強く受け答えしてやっていた。それはちょうど病を患っている人にそうするのと似ていたかもしれなかった。

ジューナは知っていた、わたしたちは抑制している自己を自分以外の人たちのなかに見ると嬉しくなるということを。ランゴを慰め元気づけてやることで、ジューナは自分がずっと隠してきた、そして間違っても表に出そうとはしなかった嫉妬心に駆られている誰にも知られていないジューナを慰めているのではないだろうか？

（他人のなかにある、自分の隠された自己の影を私たちは好む。確かに以前、わたしもランゴと同じくらい嫉妬深かった、でも誰にも言ったことはなかった、自分自身も認めようとしなかった。ああいう嫉妬心はわたしの本性のなかでもあまりにも隠された領域に秘められていたので、自分でもその存在に気がついていなかった。そうでなかったら、あそこまでランゴに我慢できなかったと思う。あそこまで助けてやろうと憐みを持てなかったと思う。この嫉妬心で彼はわたしたち二人を今も壊している。ことの成り行きから彼を守ってあげたいとわたしは思う……でも彼はそういうわたしが分からずにいる。もうわたしは彼のもとを去るべきなのに、わたしは何か彼のためにしてやらねばと思ってしまう。自分では絶対にしないことを自分以外の人があえてやろうとしているのを見ると、その人のために何とかしたいと、人は思うのだ……）

しかしながら、ジューナは悪魔に取りつかれたランゴに疲労困憊している自分にさすがに気がついて、自分が急にどこかへ行ってしまうことで彼を怖がらせようとした。効き目があるお灸をすえることになればと。

彼女は荷物を纏めて駅へ向かった。しかし夕刻まで汽車はなかった。彼女はやるせない気持ちで座って待った。

そこへランゴがやって来た。彼は取り乱した顔つきだった。「ジューナ！　ジューナ、許してほしい。ぼくはどうかしていたんだ。本当のことを話していなかったんだ。友だちが彼の地下室でアブサン［十八世紀後半フランスの医師オルジネールが創製したといわれるアニス系の香りをもつ緑色のリキュール］を作っていて、毎日お昼どきからぼくらは試し飲みを繰り返していたんだ。ここのところずっと、ぼくは相当のアブサンを飲んでいたにちがいない」

彼女は彼を許してやった。さらに、いつだって努めてのことだが、彼の罪を赦してやろうと思った。教会の祭壇の前で彼の罪の赦しを請うときには、こう言おうか。「ゾラがあれやこれや要求してきてランゴが負わされる重労働は、あまりにもすさまじいばかりに怖しいものだったので、彼は従わないではいられなかったのです。ランゴは果たすべきことをちゃんとこなしていないと、彼に思わせる特技をゾラは備え持っていました。しかもゾラは罪悪感を彼に意識させたので、ランゴがジューナのところへやって来たときには、彼は何かに対して反抗し、いらいらして怒らなければならなかったのです。ランゴが爆発しなければならなかった理由はそこにあるのではないかと思われます。わたしはランゴの身代わりというわけです」と。

だから、呼吸を繋ぐこの管で、ジューナはランゴと彼の爆発とに縛りつけられていた。この先彼女は、ランゴがそうだったように、深みのある体験まで没頭するのには、凶暴性もなくてはならないということを信じるようになるかもしれない。

根絶寸前までに追い込み抑制してしまおうとした、わたしたちの本性にある最後の秘境、その無意識という、回転舞台の上では、すべての泉は塞がれて、わたしたちがいざ、またその塞がれた泉を掘り開けて生命力を溢れさせようとしたときに、むしろ怒りの流出を見出すのも無理はない。

だからランゴは、この怒りのただなかでこの本性の毒気を間歇泉のように噴出した。そうして彼はこの嵐が誰のせいなのか責任を認めようとはしなかった。彼の怒気は稲妻のように発生して、その度にジューナは自分自身の怒りを表に出すはめになる気がしてならなかった。

ところで彼の嫉妬心から成る黒い太陽は地中海の太陽を覆い隠して、トルコ石のような碧青色をした海の柔らかさに波風立ててわき返らせてしまった。

ジューナは砂浜にひとり横たわって想い出そうとしたことが何度もあった。ランゴの身体と関わることで何に達しようとしたのかと、ギターを奏でジプシーライフを生き生きと表現していたランゴ、彼女がはじめて見たその姿は、彼女のなかで何を目覚めさせたのかと。

彼と関わることは混じり気の無い自然のなかに彼女をありったけ伸ばしていくことを意味した。

彼のはじめての微笑みをジューナは幾度も想い出すことがあった。マヤ族たちの世界の起源において古代のインディオの笑みがこだまして遠くから再来したような、インディオによる皮肉めいた笑いだった。マヤ族たちの世界とは、この世の連山の最高峰や前代未踏の陽の光も射さぬ森や最も透明度の高い湖のなかに、道を踏みつけ固めていった裸足から生じる自然な土臭い歩みを言う。

彼が登場する彼女の夢のなかでは、このマヤの世界の起源に帰還したランゴの裸足の足音に耳をすませながら、太古の時代の狩猟に出向く足音がこだましていた。

なかんずく彼女が想い出していたのは物語だった。ランゴが彼女に話してくれた物語の一つは、氷河のてっぺんにある岩の上に座っていたとき、この地球が自転している！と感じたと、断言した話だったのだ。

壮麗な出来事の記憶で満ち溢れた瞳に彼女はキスをした。スペイン人による略奪を回避するために湖という湖の底に、金の宝物を埋めたマヤ族たちを見届けた瞳に彼女はキスをした。

小さいころに読んだおとぎ話に出てきたインディオの王子たちにキスをした。

彼女は愛情と欲望を携えて太古の民族たちの高潔な深みに飛び込んだ。そして精神の高貴さと眼識と荘厳さを捜し求めた。

そして見つけ出した……砂漠を発見した、幾羽ものコンドルが、もはや生きている者たちと死んでいる者たちが見分けられない周りを永久に旋回し続けている砂漠を。

黙り込んだ都市を発見した。産みの苦しみの絶頂にいる女たちのように、何羽ものフクロウが金切り声で吠え叫び鳴くなかで、崩壊した円柱やひび割れた丸天井の屋根や墓石の上で静止している都市を。

連なる火山の影になった所では、ラテンアメリカの祝祭や秘儀の酒神祭、それに踊りとギターが奏でる音楽が繰り広げられていた。

その場所へは、ランゴはジューナを連れて行ってくれたことはなかった。

愛するために、ランゴは強烈な不安材料だけを持ってきた。つまり、彼女は蜃気楼を抱き、キスをし、手中にしていたのだ。ジューナは歩いた、さらに歩いて行った。あの祝祭や音楽のなかへ向かってではなく、笑い声のなかへでもなく、インディオの活火山の心臓のなかへ踏み出して行った。

Ian Hugo（アナイス・ニンの夫 Hugh Guiler）による銅版画

第二部

罠は日中、よく見えた。

罠は無分別で多種多様な義務から仕組まれた網だ。ジューナが目を開けるや否や、ゾラを生々しく見た。青ざめて横たわり、張りのない弛んだ両手で子供じみた不器用さを見せつけながら、あらゆる物を触っていた。ゾラは何をしようとしていたか自分でも分からなくなって、持っていた物をポトンと落としてしまい、扉をぎこちなく手探りしてみたり、そういう朦朧とした、はっきりしない身振りとともに彼女は全く以てのろのろ動いていたものだから、服を着るのにも二時間かかった。

ゾラがめそめそ、ぐちをこぼす声やきちんとしない身体や意地悪っぽい目つきへの嫌悪感、哀れみをそそる衣装となった物乞いのような身なりへの嫌悪感、めんどうで櫛を入れない髪の毛への嫌悪感、血液が淀んで枯死したような肌への嫌悪感、それらをジューナは同情で誤魔化していた。

もしゾラの本心を知ったら、その人は嫌悪感で関わりたくないと思うだろう。半分眠ったように一本調子で、ゾラが医者らを、この世の中を、ランゴを、彼女自身を、友だちらを、身に起こった悪いことを、洗いざらい責め立てるのをジューナは聞いたことがあった。人への嫌悪。そうする行為だけではなく、そうする思案への罪悪感がある。今や、罠はグロテスクなものになり、また無益で重苦しいものになっていったのでジューナは毎日ゾラが死んでしまえばいいのにと思うようになっていた。何の意味もなさない生活。食べ物だけはつかみ取り。身も心も捧げ世話をしても何一つ価値は無い、いや、無よりさらに無い。

もしゾラが死んだら、ランゴの人生は再び高く舞い上がるかもしれない。ランゴの燃える思いが、彼の元気がある逞しい身体と豊富な想像力を世界の果てまでも彼を駆り立てていくかもしれない。彼が最悪の瞬間にあるときは、むしろ彼のなかに情熱がいつも存在した。ゾラのなかにあるのは冷淡さだった。彼女の感じ方だけで動かされていく、つまり周りの人を責めたり醜くすることで台無しにしたり不当に軽視して傷つける。

ゾラの内には見世物師だけが残る。「見て、わたしのこの傷を。見て、わたしの苦痛の種を。ね、だから、わたしを愛してちょうだい」

ところが、愛はそういう理由で与えられるものではない。

罠から逃げられない。ゾラの土色の顔と精神力の無さに対してジューナは不快感を持っている。ジューナは早起きをして特製のパン、特選の肉、特別な野菜を買いに行く。今週、ゾラは肺炎だと信じ込んでしまっているので、胸のレントゲン検査を受けたがった。医者から、これしきのことを聞くためだけに何時間も無駄にした、「どこも悪くないですよ。ヒステリーの症状がありますけれどね。精神分析医に診てもらってください」

質屋にも足を運ぶ、なぜって別の医者の方にも誰かが支払わねばならないからである。その医者は役に立たない芝居がかった癌の検査を要求してきた。これでジューナの一か月分の小遣いは底をついた。

逃げ道は無い。夜が明けても一日はあっという間に、ぼろぼろになり、もろく消え失せる。ジューナが見ることができる木は、病院の庭にある生気が欠けた虚血の木だけだ。役に立たない、実を結ばない犠牲的行為は悲しみを生じさせる。

日中が罠そのもの、でもジューナはよもや反撥するようなことはしない。ランゴと夜を半分でも過ごしたいなら、こうするしかない。一日の労を終えて、夜になれば彼の熱いキス、彼の情愛と情欲、肩に渇望の歯をたてる快感が肉体を震わせる、原始の始まりに戻る男と女の喉から出る恍惚に絡む声……

合わすタイミングが抜きのときもある。さらに狂乱を煽ってクライマックスは冗談っぽくじらされる。一日の垢を焼き落とす。

日の高い間に、ジューナが思うことは、「わたしはもう出ていかなくては。ランゴが自分で蒔いた苦痛の種とランゴをそのままにして立ち去るべきなのだ」というのに、夜の情火が切なくて彼女を縛りつけている。

腐って朽ち果てているゾラ。むしろ気高くもある自殺ではなくて、のろのろと死ぬかもしれないと決めつけた異常な関心に、周りの人たちを引っ張り込んでいるゾラをランゴはどうやって褒めたりできるのだろうか？　意地の悪い、ぞっとするような暮らし。ゾラが皿洗いをすると、彼女はぶつぶつ不平を言う。ゾラが取れたボタンを縫いつけると、彼女はめそめそ泣く。

これらはあくまでジューナの想いである。だから彼女もまた、その想いに対して罪を償うべきである。ゾラ、さあ、このパンを食べて、わたしは一時間かけて見つけてきたのだから。でもあなたの滋養にはならないわね、あなたの体内は毒で一杯になりすぎているもの。あなたがわたしに言った最初のことばは偽善的だった、助けてもらえるように祈っていたなんて。そうしたらわたしがやって来てくれて嬉しかったと、そうでしょうね、わたしはいとも簡単に同情に乗せられるものね。あなたがわたしのためにけっして行動しないことを、わたしはあなたのために行動するだろうと、あなたは最初から分かっていた。あなたがわたしの立場だったらどうするのか想像してみようとした、でも想像がつかなかった。あなたが完全に残酷な人だというのを今のわたしは知っている。

ハウスボートに帰る途中で、彼女は新しい蠟燭と横になれる毛皮の敷物を買った。誰もがするようにベッドの上で眠るのは余りにもブルジョア階級すぎるとランゴは疑わないからだ。二人は床の上で寝た。エスキモーの寝床、おそらく獣の毛がちょうどふさわしかろうと。

ランゴが帰って来て、彼は新しい蠟燭と毛皮の敷布をライオンがレタスの葉っぱを見るようにきょとんと眺めた。けれど横になると、彼のブロンズの情欲は燃え上がり原始的な寝床は洞窟の住処の記憶が甦るなかで清められている。

この時間、子どもたちはおとぎ話を読んでいる。ランゴとジューナはその物語に出てくるような驚くべきこと、ありえないようなことが起こってほしいという気になっていた。ランゴは仕事抜きの生活、責任無しの生活を想像していた。ジューナはこうしたいという強い願望と束縛のない自由がある人生を送りたかった。快適さではなく不思議で魅惑的な出来事が続く静穏な生活、贅沢ではなく見事な美しさを、安全安心ではなく達成感と充足感を、完璧ではなく今宵のようなすばらしい瞬間的な時を望んだ……二人の間に入って寝るときを窺っている夢魔のようなゾラ抜きで。

ジューナは不意を突かれた、ランゴが最初にこの罠から飛び出そうとしていたことに。真夜中、二人が離れる時刻間際のことだった。包帯でくるむように抱き合った夜霧のなかから彼のこう言う声がした。「ぼくたちは勝手気ままな暮らしをしている。世の中で多くの事が起こっているというのに。ぼくたちも人々のために働くべきなんだよ。あなたは芸術家たちの連中と同類だ、あなたたちの大きな投光照明を空に向けたままじゃないか。いろいろな事柄が起こっている。この娑婆の世界を照らした例しがない。革命が起こっているんだよ。それでぼくは力になりたいのだ」

この世間が、まして革命とやらがランゴを必要としているなんてジューナには考えられなかった。彼の怠惰のままにボヘミアン的な無規律な暮らしをして赤ワインをこよなく愛する、それがランゴなのだから。ゾラがしつこくせがんできて、彼を苦しめることが彼を外の活動に向かわせたのではないかとジューナは感じていた。彼は死にたい女と生きたい女の間で板ばさみになっていた！　その二人の女たちを融合させたいと彼は願った。そうすれば彼自身の内の二つの自己のはざまで、緊張感を感じないですむと思ったからだ。自分の気持ちが落ち着くことだけを彼は考えていた。彼はゾラの自己中心的な残忍性とジューナの千里眼に知らないふりをした。同盟は失敗した。

そして今、非情な仕事のために彼の人生を危険にさらそうとしていた。

ジューナは何も言わなかった。彼女はランゴの顔を見た。悲しそうで傷心気味な口元に彼の捨鉢な気持ちが見て取れた。彼は口をきゅっと閉じて、泣くのを我慢するときの女性のようだった。その口は彼のライオンの頭とはちぐはぐで、弱々しく小ぶりな子どもの口のようだった。そんな口は彼女に彼のことを大目にみさせようとした。

通りの曲がり角で、まるで長旅の前のように別れがたいキスをした。二人が二度と会えない恋人たちなのだろうと思いながら、バイオリンを弾き始めた物乞いがさっと弾く手を止めた。

ジューナが一人で歩き出したとき、彼女の耳のなかで血液がどくどくと音を立てた、悪い予感がするなかでランゴから自分の身体を離した。髪の毛も触れ合わなくなり絡んだ手も解き、最後のキスのために唇を閉じて、有無を言わさぬ要求をしてくるとても手ごわい愛人、つまり革命に彼を引き渡してしまうときだから。

地球は早い速度で自転していた。愛という罠から女性は歩き出すことができない。一方、男性にはできる、出向いていく戦争や革命が男たちを待っているからだ。今から何が起こるのだろうか？　ジューナは知っていた。五枚の書類に詳細極める、ひどく苦痛をこうむる回答を書き込んで署名をするのだ。彼女はその質問事項を見たことがあった。その妻または夫が革命を信用しているか否か、洗い浚い話さなくてはならない。ランゴはこういう書類をのろのろと書き込んでいくだろう、ぎこちなくまっすぐに保てない、傾いた彼の手書きによって。何もかも。彼はおそらく妻は障害者だと、そう書くのだろう。そして党は愛人というのを大目には見ないだろう。

それから地球は急に自転を止めたし、彼女の耳のなかで血液がどくどくと音を立てはしなくなった。危険な状況になるのを彼女は思い出したので、あらゆるものが死んだように動かないままでいた……　ランゴと二人で会ったカフェの近くで、彼の友だちが眉間に銃弾を受けて倒れているのが見つかった話を思い出した。グアテマラの革命のために活動していた男たちの一人に起こったことでランゴが話していたのを思い出した。水溜の牢屋に入れられて、その男の両足はカビが生えた肉が筋状に腐って剝がれ、両目は完全に白眼になるまで留置されたという話も思い出していた。

次の夜、ランゴは遅くなってもやって来なかった。ジューナは彼がいつも遅いのをすっかり忘れていた。彼は全部の書類に署名を終えたのだ。そして党のメンバーは愛人は囲えないと告げられたのだとジューナは思った。

夜九時をまわったが、彼女は夕食はまだだった。外は雨が降っていた。友だちたちはカフェに立ち寄って、ちょっと話をして帰っていった。不安の気持ちから時間が立つのが遅く感じた。こういうことになるのだろう、いつも待っているということ、それはランゴが今も生きているのかどうか決して分からないということなのだ。彼は簡単に調べがつくだろう。色黒で髪の毛はぼうぼうの外国人だから、彼の風采こそまさに警察官が革命活動家として捜している人にぴったりだった。

ランゴに何が起こったのか？　彼女は新聞を手に取った。前に彼はこう言っていた。「ぼくは新聞を手に取ったら、一面にぼくの親友の顔写真が載っていて、昨夜殺されたって」

そういうことが起こりうるのだろう。昨晩通りの角でバイオリンが奏でられるなか、ランゴが彼女にキスをしたのと同じような最後を覚悟したキスをするようになるのだろう、そのときバイオリンは急に音が止められるのだろう、あの晩と同じように。

彼女は自分の本能に自問してみた。いや、ランゴはまだ死んでいない。

彼女は教会へ足を運びたかった、しかし、それも今は禁じられていた。失望することが禁じられていた。今は冷静たる態度を持するときだった。

ランゴがゴーギャンの母上［ユージーン・アンリ・ポールゴーギャン（一八四八—一九〇三）］を尊敬しているのをジューナは嫉妬していた。その婦人は南米のヒロインであった。革命に関わり、彼女の夫自身が党を裏切った際に彼女は自分の夫を撃った。

ジューナは教会の脇を歩いてなかへ入っていった。一人の革命家のあるべき同胞へと自ら変身しようと探索しているところだったので、彼女は祈りを捧げることはできなかった。けれども、その彼なる神さまはユーモアに富んだ私的な存在で彼女の行為を見て見ぬふりをしてくれた。彼なる神さまは彼女の気まぐれな行動に、意外な成り行きだねと微笑んでくれると感じていた。彼なる神さまはその矛盾が分かるだろうし、それを大目に見てくれるだろう。二人の間には一つの契約が交わされていた、大抵の裁きの場にあって、たとえ彼女が罪の意識を考えさせられていても。それはちょうど彼女がパリの警察官たちと気心が知れている者同士なのと同じだった。

そして、ほらね、今ランゴが彼女に向かって歩いてきたじゃないこと！（誰も他に認めてくれるなんてよもや期待なんかしない彼女の願いを、彼が認めた、その彼なる神さまと彼女が契りを交わしているのが、ね、お分かりでしょ。）

ランゴは気分が優れなかったのだ。ああ、まだ、まだランゴは書類に署名していなかった。彼は寝坊をした。明日。明日《マニューナ》、またそのうち。

ジューナはこのラテン民族の神格をすっかり忘れていた。明日《マニューナ》、またそのうち。


ハウスボートから近いカフェ・マルティニケーズで、ランゴとジューナはコーヒーを飲んでいた。

店は混んでいて煙草のけむりと客たちの声と顔と顔が、波のようにうねり揺れていた。時々は鳴り響く密集の怒濤となり、打ち寄せては包み込む。別な時々にはまるで鎮静されたかのように退きひいていく。けれど、それはより大きな声となって戻って来るためのもの、彼らの声を丸ごと飲み込んでさらに息が噎《む》せ込んでいくようだった。

店内の照明と影に溶け込んで、お酒の酔いから少し輪郭がぼやけた、盛り上がるように押し寄せる顔という顔を、ジューナはそれぞれ誰なのか見分けられなかった。しかしランゴはすぐさま名乗ってみせた。「ほら、ヒモになっているあいつだよ。あそこにプロボクサーがいるよ。麻薬中毒の一人が来てるね」

ランゴの友だちが二人店に入って来た。両手をポケットに突っ込んだまま、よどんだ目に重たい瞼を半分閉じて流し目で遠回しに挨拶していた。彼らの目の下には、くっきりとくまができていてランゴが言った。「ぼくの友だちがあんなにすぐに衰えていくのを目のあたりにして驚いてしまうよ。死んでしまうヤツもいるからね、みんな麻薬のせいなんだって。ぼくはこういう生き方に、もはや引き込まれたくないんだよ」

「あなたは以前に破壊的生活へと引き込まれていったのではなかったかしら？」

「そうだね」とランゴが答えて続けて言った。「でもまったくそうだっていうのでもなかったかな。ぼくが若者だった頃、故郷では、ぼくが一番気にかけていたことは健康、身体が元気、とにかくよい状態で生活できる幸福だった。後になってからなんだよ、ここパリで詩人たちがぼくに人生を利益に結びつけるもんじゃないと教えたんだ。人生は絶望的なほうがもっとロマンチックで、反抗するほうがもっと高貴で、普通の人生から否応なしに提供されるものに甘んじるより死のほうがましだと。ぼくはそういうのにはもう引っ張られないよ。ぼくは生きたいんだよ。前は本当のぼくじゃなかったんだ。あなたがぼくを変えてしまったってゾラは言うんだけど、あなたがぼくに勧めてくれたり援助してくれたことをぼくが何か成し遂げたことなんて思い当たらないからね。でもね、あなたとぼくが二人一緒にいるときはいつも、ぼくは何かをやり遂げたいと思う、何かどえらいことをね。やるせないほどの絶望感や危険なまでに破壊的に生きることへのロマンチックな美点がどうとかこうとか、とにかくあの文学的信条はまっぴらごめんさ」

反逆者の誕生を意図したわけではなかったジュンナには皮肉な成り行きだと思った。ランゴの影響で彼女もまた変わったのだ。彼の持つジプシー的なやり方、彼の無頓着なところ、彼のボヘミアンな無秩序を彼女も幾らか身に着けた。衣服を散らかしたままの乱雑さ、溢れこぼれた煙草の吸い殻の山、服を着たままでベッドにもぐり込む、うとうと居眠りをしたり、ものぐさで、時間にはルーズ……大混乱と夜間の楽しみという領域。彼女はそういう世界が嫌いではなかった。地球の子宮といった独特の雰囲気があった。果たされていない願望の要因となる悲劇的な局面を解明したり、気づきに達しようとすることができない世界だった。暗闇の、混沌の、興奮のなかで人は忘れるのだった……それに、沈黙。彼女は沈黙をとりわけ好んだ。沈黙、そこでは身体、感性、本能がより際立ちより強力となりより敏感になる。思想やことばや鋭い抽象概念の代わりに、もっと豊かに芳香が立ち込め、夢中にさせる生活を生きる。沈黙のなかでは感情を数学的に厳選する、凄まじい衝突や激情の活火山的爆発や強い欲望や満足感に取って替わって。

皮肉なことに、この激情の領域から今ランゴは自分を投げ出そうというのだから、そして活動に出たいと。最初ジューナを魅了したギターを演奏する時間はもうなくなった。以前は訪ねてみようねと約束していたジプシーたちの所へも行く時間はなくなった。彼女もやってみるようになってきた朝寝をしている時間などなくなった。彼のわがまま、いい加減さ、責任を投げやってしまう技が、だんだんしみ込んで習得する時間さえもなくなった。

二人がカフェで座っていたとき、ランゴは自らの過去の人生を咎めた。無駄に流れた時間や活用されなかった精力や、ただ過ぎ去った年月に対して悔恨の極みだと感じていた。彼はもっと生真面目な生活、行動と達成がともなう生活がしたいと思っていた。

テーブルの上のコーヒーに目をやると、急にジューナの目に刺すような涙が溢れてきた。これは皮肉の涙だけあって、ひどく肌をひりひりさせた。彼女は泣いた、なぜならランゴはゾラのためにこれまでも、さんざん生きてきてジューナと一緒にいる時間が少ししか割けなかった。今また自分以外の他者のために生きようという目的に、ジューナのものではない目的に、力を尽くしたいという願望をランゴの内に、ジューナが沸かせてしまったからなのだ。彼女は泣いた、なぜなら二人は飾らない普通の生活の中から求め合う夜の闇に溶け合えた、二人の肌と肌、髪の毛と髪の毛、身体と身体が磁石のように惹きつけられた。なのに、二人の人生への展望や気持ちの持ち方やこうしたいという夢は、どういう点からも決して触れ合うことはなかったからだ。彼女は泣いた、絶対的な一致を許さない、人生に起こるたくさんの混乱に涙が出た。

ランゴは事の次第を理解していなかった。

観念の領域になると彼はいつも落ち着かなくなって、いらいらして囲いに入れられるのを怖がっている野生の動物みたいだった。彼の故郷の牧場で馬や雄牛がどんなふうに囲い込まれるかを物語ってくれた。その獰猛《どうもう》な奮闘に彼は嬉々とした。彼にとって、吟味して理解して説明することは囲い込みの作業とまさに同じで、嫌疑を起こさせるのだった。

けれどこの瞬間、彼女は彼の髪の毛の香りを吸い込んだ。この瞬間は、二人の対照的な肌の色と体重と体質と体臭の調和が二人の皮膚と肉体の間に流動していた。彼を取り巻く何もかもが刺激的で凶暴化していた。二人は、彼の友人が話していたように、オセロ［シェイクスピア作『オセロ』の主人公ムーア人の将軍］とデスデモーナ［オセロの妻］のようだった。

明日《マニューナ》、ランゴは党員になるのだろう。

自分の羽を失ったとき、こういう生き方になるのだとジューナは考えた。ランゴの革命家の仲間たちが集まるというので蠟燭を買う、しかしこれらの蠟燭が歓びの光を提供するわけではない。どうしてかというと自分のしていることに信念がないからである。

この信念に基づかない役を演じねばならないという沈んだ悲しみというものは、ジューナが身体の重みで安定させるのを断固拒んだ。それを譬えるなら、彼女がぐるぐる回って踊っている最中に、彼女の躍動を止めて旋回を誤ってしまう状態に似ていた。彼女は地に足がつかず、空中へ飛ぶように逃避する。ランゴとゾラとの対人関係を交わす日々に揺れ動くジューナは、その役割を演じる流れのなかで、見失いながら悪循環に振り回されて、逃避の旋回を誤ってしまい捕らわれてしまうのだ。それはちょうど、一羽の鳥に撃たれた矢が鳥を打ち落とさずに、鳥の羽ばたきをバタバタと単に激しくさせるように。

ジューナにとって習慣的な日常が日ごとに不本意な状態に陥った。猟師の弓矢に当たった傷の痛みが大地に生きるものを苦しめるのだから。こういう状況にあって安全な距離を保つための脱出がますます緊急を要してきた。

新しい危険に対しては、彼女が動き、位置を変えることが唯一の防衛だった。移動中の人は撃たれにくい。まして傷を負うのを免れやすい。だから彼女は遊牧民《ノマド》の基本的な構造を採用した。

ランゴは言った。「ハウスボートで予定している今夜の会合のために準備を頼むよ。理想的な場所になるだろうね。警察に告げ口する監督者もいないしさ。近所の人もいない」

ハウスボートは大いに役に立つ場に陸づけされた。

今は生活の領域が二つになった。(革命運動や不慮の出来事と対面する世界に足を入れる間に、忘我の世界に心を抱くのを許可してくれる秘伝の薬をわたしは持ち堪えているだろうか？　わたしが歩いているときに、その薬が自分に到来するのを感じる。酔いに似たような不思議な感覚だ。その薬は通りの真ん中で大波のようにわたしを捉える。すると素晴らしいことに麻痺した感じがわたしの血管のなかを無感覚となって伝わっていく。その薬に凄い力があるのをわたしは知っている。わたしの身体を高らかに上げてくれるし、わたしの脚元を風のように通り抜けて行く。朝の冷え切った部屋を出た、くすんだ鳶色《とびいろ》のベッドカバー、灰がたくさん溜まったストーブ、ビンの底に残った酸っぱい匂いのするワイン、それらすべてがランゴへの愛情の力で輝いていた。通りの上空を飛べるように習ってから、一瞬飛んでもよいという許可を得たような感じだった……一色一色をさらに濃い色合いにしながら、抱擁の一つ一つをさらに突き抜けるように、瞬間、瞬間をさらに格調高く……しかし、それは続かないものだという不安感をわたしに知らしめた。これは愛の恵みを請う状況なのだ、ある人たちは葡萄酒から、またある人たちは祈りと断食によって。つまり恩恵の状況だと分かっているのだけれど、何がその人たちに、そういう状況を止めさせてしまうのか、わたしは見出せないでいる。危険は低空飛行中や何かに目覚めていく途中に存在する。ランゴが政治的な世界に関わるようになった今、ジューナは低空飛行中である自分を把握していた。政治的運動に関わる場の支配的な空気は混乱という塵にまみれていた。人々は惑星に行くことに憧れた。それは、ある意味贅沢な宇宙の旅だった。宇宙空間のただなかへ、透明性のただなかへ人間を連れて行くには、ある一定の息の仕方、歩き方、見方が存在したのだ。人々は自分たちの力を超える計画の驚くべき輝きに、星のように光る幾つもの自己を捜す計画に……)

ジューナは暖炉にくべる薪を買った。ハウスボートにほうきをかけて掃除した。ベッドと葡萄酒の樽は隠した。

ランゴは新顔のメンバーをハウスボートへ連れてくることになっていて、橋の上で彼らを誘導する段取りだ。

グアテマラ人たちが次々と到着した。色黒いインディオの血筋たちはインディオの沈黙を守り寡黙で、青白いスペインの血筋たちはスペイン人の弁舌の流暢さをみせた。しかし、両方の民族たちは揃って、この場所に怖気づいていた。ギーギー軋む板の音、ずっと昔の革命家たちの集会所に似通っただだっ広い部屋、大きく延びるたくさんの影、川面の音、鎖、漕ぎ船、橋の上から照らされる気がかりな街灯、他の船が横を過ぎていくときの大きな揺れ。共謀者たちには、やりすぎの場所。時々、人生は小説も演劇をも凌ぐ。この日の集会はまさにその一つである。舞台は彼らが望んでいたよりずっとドラマチックだった。彼らはまわるく取り巻きながらぎこちなく突っ立っていた。

ランゴはまだ入って来なかった。遅れてやって来るメンバーたちを外で待っていたのだ。ジューナは何をしていいか分からなかった。彼女には前例のない役割だった。丁重な、あるいは微妙な会話は場違いに思われた。ただ暖炉を薪でいっぱいにして、彼女がする監督はその火をパチパチとよく燃えさせていることのように炎を凝視していた。

自分の羽を失うと、パリ一番の安物の店で黒い服を一着買い、没個性的となるために、さらにイヤリングを外しマニュキアも取って、これで自己の退化を表現できると期待しながら人格を有しない務めにゆだねて、しかしそれでも自己に対して正直ではないと感じる。すると自分は女優のような気になっている、なぜって奇跡が起こったような転換を期待するものだから、活動党員の一人への愛の恵みの成せる技だから……

彼らはわたしがふりをしているのを気づいていた。

これがジューナなりの、この場の沈黙に対する解釈だった。

彼女は目の前で裁断に晒され咎められて立っていた。そこに彼女が唯一の女だった。この人が女だからという理由だけでその場にいるのだと彼らは知っていた、革命ではなく恋に縺れた女として。

やっとランゴが帰って来た、息を切らせて不安が顔に出ていた。「会合は中止になる。皆、解散だ。説明は不要」

彼らは出ていけるのでほっとした。黙ったまま出て行った。彼女を見なかった。

ランゴとジューナだけが残された。

ランゴが言った。「あなたの友だちの警官があそこの階段の上で見張っていてね。一人の浮浪者が殺されているのが見つかったとかで。グアテマラ人たちが到着し出したときに、警官は彼らに滞在許可証を見せろと求めてきた。もう危険だね」ランゴは最初の間違いをしでかした、このハウスボートが集会にいい場所だなんて。党首は厳戒に注意していた。ランゴのことをロマンチックだと読んでいた……「党首はね、あなたのことも調べをつけていた。あなたがメンバーなのかどうか尋ねられた。ぼくは本当のことを答えるしかなかったさ」

「書類にわたしも署名するべきなのかしら？」彼女は聞いた、その従順さがあまりにも子供のようだったのでランゴは感動した。

「ぼくのためにそうするのだったら、よろしくないよ、それは。あなた自身のためにしなくてはならない」

「もちろん、わたし自身のためだわ。わたしが何を信じているか分かっているでしょ。今の世の中は根無し草な人たちの社会。全部の木のてっぺんが土の中に入り込んで、全部の根が空高いところで荒々しい身振りで物言うように枯れていく。唯一の救済策は二人の世界を起こすこと、二人の間には完成の希望は存在するし、そこからもっと沢山の人たちに拡げていける……でもそれは基本から始めなくてはならないのよ、男性と女性の人間関係から」

「あなたが革命について読んで学ぶ本を何冊か持ってくるね」

彼の革命運動という新しい哲学が彼のわがままな振る舞いとゾラに対する卑屈さを変えるのだろうか、彼はゾラを新たな眼識で見るようになるだろうか、彼女の自己陶酔の犯罪性と浪費が見えるようになるのだろうか？　ランゴはゾラにも言うのだろうか？　あなたのちょっとした苦労よりもっと大事な事柄がこの世の中にはあるんだということを。個人的な生活を忘れなくてはならないということを。ゾラは自分の個人的生活を見直してこなかったが、彼の私生活は改められるのだろうか、彼の混乱としくじりは明らかにされるのだろうか？

ジューナは期待を持ち始めた。彼女は勉強も始めた。その新しい哲学と、彼女がランゴに無益にも説き続けてきた考え方の間には、幾つかの類似点があるのが分かった。

例えば、党ではロマンチックで無鉄砲に愚かしい死に方をよしとすることはなかった。それは浪費であり曖昧であり無規律とみなされる。党としては、振る舞いと思索から成る枠組と形式を注視して、克己禁欲主義的な思考を展開していた。

ジューナは徐々にその革命運動という哲学の本質に、どちらかといえば、その哲学の帰着する成果に同調し、密で独断的な主張には目をつぶった。

その本質は構造にあった。概して彼女はその思索を採用できた。破壊的で否定的思考傾向に対して、彼女に取りついて離れない対立意識と一致するからだった。

人を狼狽《うろた》えさせ人の気力を崩してしまうゾラの威力に対抗するのはジューナ一人ではなかったのだ。

まだ不測の方向ではあったが、おそらく罠に僅かな出口ができたかもしれないと思った。ジューナのためにランゴができなかったことを（彼女は彼の慰みであり、わがままを通せて肉欲的に満足させてくれる愛人である、というのが彼に自責の念をもたらしたから）、彼は革命運動の党のためならやってみるかもしれない。おおかたの匿名の集団のためならやるかもしれなかった。

罠とは不可能なことに固着してしまうことだった。腹立たしさではなくゾラのなかで変化をと、活動の阻止ではなくランゴのなかで変化をと、思うようにしてしまうのだった。

強烈な情念のみで彼を完成された人物にはつくれなかった。しかしそれは世の中にとっては役に立つ資質を備えた人物に仕立てた。

ハウスボートがランゴの活動仲間たちの集会所たるのが失敗に終わった後、船は俄かに正反対の場と様変わりした。一つの安息所を探している夢想家たちの避難所として変容した。パリの四囲の情況が辛いものになればなるほど、意見の相違が激しくなればなるほど、政治的な対立や脅威や懸念の風潮が高まれば高まるほど、ハウスボートが現代の大洪水から救うノアの箱舟でもあるかのようにますます夢想家たちが集まって来た。

ハウスボートは、もはや二人だけの旅を漕ぐ秘密の船ではなくなった。単細胞の生きものに溶け込む夜は幕を閉じた。ランゴは移り気な通いの情夫でしかなかった。

二人の考えの相違は表目にもはっきりと具体化してきた。ランゴは集会に出向きカフェで熱心に語り、運動に転向する人たちを捜し教義を啓蒙してまわり、メンバーを組織して活動を立ち上げていった。これまでに知り合いになった貧民たちと一緒になって働いていた一方、ジューナの芸術家たちの仲間は、失われてしまいそうな危険にある彼らが信奉する価値観と審美的で人間的な創造に執着する情熱を、ハウスボートへ持ち込んで来た。

ランゴが持ち込んで来たのは、個人的犠牲になった党員の男の残酷な話だった。その人、ラモンは奥さんと子どもに四年間一度も会わずに党のために働き詰めだった。彼はずっとグアテマラ駐在だった。最近パリ在住の奥さんが深刻な病気で、ラモンは任地での仕事を放り出してパリに戻ってきたかった。「妻と子どものためだけに、党への忠誠心を忘れた男がどうなるか考えてみろよ。民衆に役立つことを投げうつのを厭《いと》わないでさあ、妻子二人だけのためにっていうほどに」

「ランゴ、それってまさにあなたがしたいと思ったことじゃなくって、分かっているでしょ。ゾラのためにあなたはやってきたのだから。二十年間という長きにわたって、あなたは一人の人のためにあなたの力を捧げてきたわ。もっと偉大なことがあなたにも出来たはずだったのに……」

別の日には、ランゴは帰って来るなりジューナの腕のなかに倒れ、一晩中吐いていた。ようやく明け方になって、弱々しくも酷く興奮して何があったのか語り出した。党員たちは一人の反逆者を連行しなくてはならなかった。その男はランゴにとって古くからの友人だった。党としてはその男に余儀なく判決をくだして、ランゴが尋問する役を担わされた。この党員は別段、反逆者ではなかった。彼は弱音をはいただけだった。家族のために現金が必要だったし、賃金無しの党の仕事にうんざりしていた。党の方は彼が任務中で自宅にいない間、彼の家族たちを心配したことなど一度もなかった。今は四十歳でその全人生を党のために捧げてきた男だったが、もう弱気になってきていた。彼は大使館での要職をそそのかされてもきた。最初は彼の地位を党の利益のために活用しようと思ったが、しばらくして彼はその危険に身をさらすことに辟易するようになった。党のために役立つことを止めたのだった……ランゴはこの男に再び党へ寄りを戻すように強制しなくてはならなかった。この仕事がランゴにとって嫌気となった、というのも、この仕事がランゴにとって初めての非情で辛い、統制のとられた実行を要求するものだったからだ。それで一週間、寝る時間もなくランゴはその男の顔を思い出すのだった。それは男が四十歳になった今、これまでに何度も牢屋に閉じ込められたり耐え難い苦しみの連続に疲れ果て、ただただ疲労困憊して、もうこれ以上無理だと、できないと、その話を繰り返し話すときの男の顔だった。年の頃十七歳から党のメンバーになって以来ずっと勇敢でやり手だったが、今はもう心底疲れ切っていた。

　こういう話をランゴは毎日持ち帰っては葛藤が凄まじくなると酒を呷《あお》った。ジューナにはこういう逃げ道はなかった。ランゴから聞く話が彼女を焼けるように苦しめ傷つけるときは、彼女はそういう話に背を向けて夢の世界へ再び向かって入って行った、彼女が幼少のころにそうしたのと同じように。そこは別世界で、経験を積み熟練した見地には明白に分かる、すんなりと入り込めて宿れる、秘伝を授けられた者だけが連れ立つ、もう一つの部屋である。

（人の気持ちは、川が大海原の拡がりと深淵へと、行く手を探すのと同じように流れていく。この心の世界では、川は絶え間ない流れとなり、思いを鎮める波間のリズムと流れるものの連続性に動かされて、さらに込められた秘儀が堰《せき》を切ったように流れ込む。愛は二人が共有する狂気、愛は二人がそこに和合を見つけ出す結晶。この世界のなかで、ランゴは愛する者が寄り添う街で、愛という一つの夢に彼自身を捧げる力はあった。この世界のなかで、ランゴの非常に重たい頑丈な靴は、頭が天空にありながら蹄は戦場を闊歩していたにちがいないケンタウロス［ギリシャ神話にある半人半馬の怪物］の鉄の蹄のように見えた。）

現実から逃避するための薬は幾つかある。残虐な有り様を目のあたりにして吐いているランゴという一人の人間、ジューナの気持ちに無情なランゴの厳しさ、という現実のあれこれ。ランゴは、精密度の原則に即って、彼自身の多情多感なところや誤りやすいところに怒るべきだ。彼の無分別な見方のせいで、彼はジューナのそっぽをむく態度にイラつき、惨たらしい話にするりと身をかわす彼女のやり方を咎める。彼は心配ごとを払いのける二流の薬、酒を飲みはしても、ハウスボートの跳ね上げ戸が無限の時空間へと開けられるのを考慮に入れていない。……ジューナが占星術に心馳せたり芸術家たちをハウスボートに保護したりする、そういう薬、現実を耐えうる何かに変化させる薬に対して彼は無慈悲なのだ……

「わたしからすると、不合理で裏切り合い矛盾だらけに見えるのが歴史という領域だわ」とジューナは言った。

「グアテマラではね」ジューナが好きになれないランゴの癖で唇を皮肉っぽくひん曲げながら彼は言った。「人々は狂気じみた者たちを更生させるために、川の淵に配列させるんだ。もしあなたの芸術仲間の狂人たちが更生しない場合は、床に穴を開けて沈めてしまおうじゃないか」

「じゃあ、わたしも一緒に沈んでしまうかもしれないわね」

栈橋に沿って歩いていると、ランゴとジューナの二人は、木の下に一人の浮浪者が座っているのが目に入った。その男はスコットランドの縁なし帽をかぶり、プレードという格子縞の肩掛けをして曲がったパイプを銜《くわ》えていた。

ランゴはできる限り上手にスコットランドの訛りを利かせて尋ねた、「やぁ、おじさん、どちらの出身なの?」

ところがその男は驚いたように見上げると全くのモンマルトル仕込みのフランス語で言った。「あぁ、わたしは外国人じゃないですよ、ご主人。なんでそう思われたんですかね?」

「その縁なし帽と肩掛け《プレード》だよ」とランゴは答えた。

「なるほど、それでね、ご主人、オペラ・コミック[一七五八年に創設された歌劇場]の裏のごみ箱をいつも物色していましてね、この変わった服装もそこで見つけたんですよ。これが唯一なんとか着られるもので。お分かりでしょ、旦那、他は手が込みすぎていてね。それに大方が破廉恥だと言わざるを得ませんな」

そうして、その男はポケットから色落ちた灰色のスポラーン[スコットランド高地人がキルトの前にウエストからつるす毛皮をかぶせた革袋]を取り出して言った。「これが何だか教えてもらえますか?」

ランゴは笑いながら冗談で答えた。「それはかつらなんだよ。キルト[スコットランド高地人が着用する格子模様の襞の巻きスカート」を身に着ける服装がスコットランドでは稀な類いの若はげの原因になっているみたいでね。それはずっと持っておくといいよ、いつか役に立つかもしれないからさ……」

サビーナは両足を地面にべったりとつけて歩いた。その姿は聖書の話に出てくる水運び人のように彼女の重い身体の釣り合いをとった。

サビーナとランゴは同じ要素で組み立てられているとジューナは見なしていた。だからこの二人は多分愛し合うようになるだろうとも思っていた。ランゴと別れる場景をジューナは想像していた。ランゴの黒々とした髪をサビーナの太い直毛の髪に、彼の赤土色の肌を彼女の煌めく金色の肌に、彼のごわごわした荒れた両手を彼女の剛健な農民の両手に、彼の笑い声を彼女のもっと豪快な笑い声に、彼のインディオの茶目っ気を彼女のユダヤの迷宮的気質に、すべて明け渡して。この二人は熱狂と無秩序から成る互いに共通した気風を認め合い、そして抱き合うだろう。

ところが、こう言ったジューナの予測が当たらなかったことに彼女は驚いた。サビーナの猛烈さや暴力性からランゴは逃げ出した。この二人は武装した戦士のような出会いをしていた。熱烈さに恋焦がれ誘惑になびいてしまいたいとさえ思うランゴの一部は、サビーナのなかで譲らない硬い武器となって見出された。サビーナは単に肉感的な抱擁のために、ぎりぎりのところで譲歩に応じたが、またすぐさま戦いのために身構えた。ジューナの胸の内なら注ぎ込めるような、ランゴの実は秘められた臆病さが、しばし留めてもらえる優しさへの開口部は、サビーナの内には一つとして見あたらなかった。サビーナは、人が身を落ち着けられるような女ではなかった。

ランゴとサビーナは決闘の場を捜し求めた。サビーナがジューナの近くにいるのをランゴは嫌がって、サビーナをハウスボートから遠ざけようとした。

ある時、レストランでランゴとサビーナは一緒に座っていた。ジューナと他に二人、友だちも居合わせたのだが、ランゴとジューナはどっちが唐辛子をたくさん食べられるか競争してみようと決めた。

二人はお互いを見合いながら、これ見よがしに唐辛子を食べた。はじめはライスや煮た野菜と混ぜて、それからサラダと一緒に、とうとう最後には唐辛子だけを食べた。

二人ともまったく譲ろうとしなかったから、二人はこの競争で命を落とすかもしれないと思うほどだった。それぞれの小粒で真っ赤な唐辛子は火の濃縮食品のように両人をヒリヒリと焼きつけた。

時々二人は口を大きく開けて、なんとか口腔内を冷やそうとばかりに、はあはあと息を出したり吸い込んだりした。

まるで古代の神話のなかに出てくる火食の奇術師のように、二人は座ったまま豪華な炎のご馳走を共に食していた。サビーナの張りつめた黒い目に涙が滲んだ。ランゴの笑顔のほおに暗褐色の紅潮がさした。彼らは内臓を傷つけているかもしれないのに、どちらも降参しようとはしなかった。

ありがたいことに、レストランは店じまいの時間となった。ボーイたちは意地悪く二人の足元の床をアンモニアで洗い、テーブルの上に椅子を上げると店の電灯も消されて、やっとこの耐久競争が終わった。

一人ではない何人ものジューナがハウスボートの渡しの階段を降りてきた。一段は両親と幼少時代によって形成された、もう一段は彼女の仕事や彼女の友だちたちによってつくられた、そしてまた一段は歴史、地質学、気候、人種や経済学によって生まれた。それにあらゆる背景と舞台装置となった地球の空と自然、生命の誕生を司る純血な源、一本の木による影響、無頓着に洩らされたひと言、精通しているイメージなどすべてによって成り立った。そしてまた退廃した物事の起こり、つまり、書籍、芸術、定説、傷ついた友情らによって成り立ち、そしてまた人間ひとりが負傷して打ちのめされた肢体が不自由になり、さらに膿を持ち心身を悩ませるすべてによってつくられた……

人は身体に纏わる厄介な出来事、つまり足の深爪、指の切り傷、火傷、高熱、癌、病原菌による伝染病の感染や、怪我と骨折などを負うことに、辻褄を合わせることができる。しかし、人は内面の裏地、つまり心の奥に積み重ねられ跡を残す、さまざまな傷に対して決して辻褄を合わそうとはしない。ひと言ひと言のことばと一つ一つの出来事や成り行き、あらゆる経験が再び人々やその関係に反映される前に、濾過され要約され、歪められたものを通した情感の化学作用による組み合わせに任せてしまうことはない。万華鏡で見るような時々刻々変わる追憶や、写真の感光板に録画される精神《サイキ》の感受性豊かなイメージや個人的で個性的な解釈に任せてしまうことはない。このからくりを踏まえて映し出された世界と、この反応から成る完璧な領域をつくり上げている内面世界に、山積している心の傷の辻褄を問い合わすことは決してしない。

デュシャン［マルセル・デュシャン（一八八七―一九六八）フランス生まれの芸術家による一九一一年の絵画作品］の階段を降りる裸体によって描かれた幾重にも連なる階段の動きは、複数の自我を表している。この多数の自己は様々な大きさに成長し、単独にも均等にも発達せず一つ同方向へ動くこともない。惑星間という領域での宇宙空間で、ありとあらゆる感情は光のように神秘的に拡張している。それは、無限の心布置と、地層のような無限に繰り返されるスパイラルを露呈していく多様な性格の並置とから、形つくられる数々の自我のことである。

男性は望遠鏡を外界、遠くへ見定めている。微妙で様々な内面の蓄積や断片や癒着や瘡《かさ》蓋《ぶた》によって出現している人格を、望遠鏡のもう一方の先端に見ることとなしに。

女性は望遠鏡を内面の近いところ、温かいところを見定めている。

ジューナは今、この瞬間に分岐点、突然変異を感じていた。ランゴとゾラとの関係から再生する自分自身の自我から飛躍する必要性、別な形のなかで今一度生き返る心理的要求だった。ジューナはランゴが信条とすることに、もうついていけないと感じた。彼女はもはや平穏な気持ちで夢のなかに入っていくことも、荒れたセーヌ河をハウスボートで無事に航海していくこともできないと思った。

ランゴの無慈悲な冷やかしに対してサビーナを支援している自分をジューナは認めた。一人の人ではなく多くを愛する人というサビーナの哲学をジューナは弁護した。

〈ランゴ、あなたの怒りをサビーナに向けるべきではないわ。サビーナはすべての女性たちが夜、彼女たちの夢のなかですることを実際に行動にしているだけなのだから。彼女の行為に責任をわたしは感じているのよ。なぜなら、サビーナがわたしに話してくれる彼女の冒険について聴いているとき、わたしの一部は彼女の話を聴いているだけではなくて、わたし自身の秘密の一部分に見覚えのある場面を認めて受け入れているからなのよ。わたしが夢に見た場面を確かにわたしは認めた。つまり、わたしも自分の立場を明らかにしたのよ。夢で見た事柄がわたし自身の考えを明らかにしたということよ。夢のなかでわたしはずっとサビーナになっていた。あなたに悩まされる愛からわたしは逃げきった。そして夢のなかでは、世界中の愛している人たちすべてと抱き合えた。サビーナは幾多の女性たちの夢々を現に生きる責任があるのだから、自分一人だけの女性ではいられない。他の女性たちがそれぞれの秘密の自己と利益にあずかり、のうのうとしているからといって。肉体に秘められたささやかな心の動揺を通して、女性たちはサビーナの行為を前にして沈黙の共犯者でいることを認め合った。夜、見知らぬ人たちのためにわたしたちは熱狂と欲望をすべて混ぜ合わせた。日中、わたしたちはサビーナを中傷し、さらに彼女を罵る。ランゴ、あなたはサビーナに腹を立てるのよね。あなたがしたのと同じように、サビーナは公然と彼女が望む通りに現に生きていくからでしょ。サビーナの熱情と苛立ちと愛というゲームに、絡む数々の罠からのサビーナの言い抜けに恋するということ、それそのものがサビーナ自身であることを意味していた。日中、サビーナは大胆にもこうありたいと思うサビーナでいて、夜にはそうあるために、一人を愛するだけでなく何人もの人を愛する苦悩から逃亡する、密かな夢に責任を負うサビーナなのだ。)

　サビーナは椅子にまたがって座っていた、両手で髪の毛を荒っぽく後ろへかき上げながら、笑いながら。

　この瞬間いつも、サビーナが何かを告白しやしないかという錯覚を覚えた。個人的な露呈がありそうな雰囲気を醸し出す、このベールをとるための手はずを整えるのに長けていた。彼女ははぐらかしにも抜きんでいた。彼女が言い抜けを上手くしたいと思うときの彼女のしなやかさといったら、ちょうど黒板に彼女が何かを素早く書いた途端に、誰もがそれを読む前に、彼女がさっと消してしまったようなものだった。彼女のことばはもはやことばではなくなり、露見に対抗する濃い煙幕が彼女の口や鼻から噴出して立ちのぼるかのようだった。でもまた別なときは、批判に晒される心配はないと彼女が判断すれば、そうなると今度は隠し立てのない、歯に衣着せぬことばで出来事の一部始終をあっけらかんと話すのだった……

「あたしたちのアバンチュールは止まらなかった……エレベーターに乗っている時間を延ばして終わりにしなかったのよ！　もちろん、その持続をやろうとしてやったことじゃないわよ！　あたしたちお互いに燃えあがる気まぐれから、永いおつきあいなんてものじゃなくて、でも、ほっておけないというか。野人的だった、真剣じゃなくて、でも一度は満たしたかった。でも周りの状況はあたしたちの味方ではなかったのよね。行き場を失っていたわ。通りをうろうろしてから二人ともお互いを求め合うのに渇望してたわけ。とにかくエレベーターに乗り込んだら彼はすぐわたしにキスをし始めたわ……一階、二階、ずっと彼はわたしにキスを続けているの、三階、四階、それからエレベーターが停止になったって、間に合わないし……あたしたちも止められない、彼の手はあらゆるところをまさぐって、彼の口で……わたしはボタンを荒々しく押したけど彼はエレベーターが降りていく間もずっとキスを続けていたわ……あたしたちが一階に着いたけど、また最悪……彼がボタンを押したものだから、あたしたちはまた昇って降りて、昇って降りてって繰り返して半狂乱になって、エレベーターに乗ろうという人たちが待ち続けていた間じゅうよ……」

彼女はもう一度笑った、身体じゅうで笑った。彼女の両足さえもが陽気なリズムを取りながら、喜んでうれしそうな観客のように地面を踏み鳴らした。彼女の逞しい両腿がアマゾネスの木馬に跨るように両脚をまたげて椅子を揺り動かしながら。

ある晩のこと、ハウスボートでジューナはランゴを待っていたとき、夜番の男のでもランゴのとも違う足音を耳にした。

タール紙を貼った船内の壁に映った蠟燭の影がバリの影絵芝居《ワヤン》のような場景をつくっていた。そんななか、彼女は扉の方へ近寄って、「そこにいるのは誰なの?」と呼びかけた。

物音一つしなかった。まるでセーヌ河もハウスボートもその訪問者もみんなして、同時に音を立てない陰謀を企てておいたかのようだった。しかし、その場の空気に漂う緊張感は彼女の身体を通るように全身を震撼させた。

彼女はどうするべきか分からなかった、ランゴを待ちながら船内に留まるべきか、ハウスボートの内外を点検するべきなのか。彼女が部屋のなかで静かにして彼が帰って来るのを注意して待つなら、窓から彼に危ないことを叫んで知らせることができる。それから二人で一緒にその侵入者をやりこめられるかもしれない。

ジューナは待った。

壁の影は静止していたが、セーヌ河に映った灯りの影は幽霊のカーニバルのように川面で揺れていた。蠟燭の火もいつもよりちらちらと揺れ動いた、いや、それはジューナの不安な気持ちの揺れのせいだったろうか？

木の梁が軋むのが止むと、彼女には再び足音が聞こえた。この部屋に向かってくる、注意深く、しかし板が軋まないほどに軽い足取りではなかった。

ジューナは彼女の枕の下から拳銃を取り出した。小型の拳銃は彼女の友だちがくれたものので使い方を未だに知らないでいた。

彼女は声をあげた、「そこにいるのは誰？　もっと近づいてくるなら撃つわよ」

安全のため、この銃に留め金が付いているのは知っていた。それにしてもランゴが帰ってきてほしいと祈る思いだった。彼は肉体的恐怖心をまったく持っていなかった。彼は真相を怖がり自分の行動の動機と立ち向かうのを怖れた。様々な感情や思いの領域を直視し、理解したり考察するのを怖れた。だけれど、彼は身体を動かしてアクションを起こすことは怖がらなかった。彼は肉体的な危険も厭わない人だった。ジューナは自己がはっきりと表面化する痛みにも、自己のあるがままに自覚することにも肝がすわっていた。しかも彼女は、感情にメスを入れる複雑な情緒の手術に物ともせず挑んだのだ。しかし彼女は荒々しい暴力に対して不安をもった。

それからまたしばらく彼女は身じろぎもせずに待った。ところが、沈黙に徹した返答あるのみ。時は停止していた。

ランゴはまだ戻って来なかった。

疲労は極度に達して、ジューナは拳銃を手にしたままで横になった。ドアも窓も全部、鍵を掛けていた。彼女はひたすら待った、甲板に響く彼のふらつき加減の足音に耳を澄ませながら。

蠟燭の灯りは一つ、また一つと消えていった、最期の炎を喘ぎ出しながら、最期の細長い苦痛にゆがめられ焼き残った輪郭の影を壁に投じながら。

川の波がハウスボートをぐらりと揺さぶった。

どれほどの時間が過ぎていっただろうか、ジューナは浅い眠りに落ちて行った。

ドアの留め金が何かの道具で徐々に取り外されていった、そして、開いたドアにゾラが立っていた。

ゾラがジューナに覆い重なって襲ってきたとき、ジューナはしっかりとゾラを見た、と同時に悲鳴をあげた。

ゾラは手にした古臭いハットピン［婦人帽と髪を結ぶ留めピンで金属製の先が尖ったもの］でジューナを刺そうとした。ジューナはとっさにゾラの両手首を摑んだが、ゾラの怒りで彼女の力は増幅した。ゾラの顔は憎しみで歪められていた。彼女は自分の手を引き離してからジューナをやみくもに刺した。さらにジューナの肩を殴りながらもう一度、大きく目を開けてジューナの胸を狙って刺しつけようとしたが外れてしまった。そのすきにジューナはゾラを払いのけて彼女を摑んだ。

「わたしが何をしたっていうの、ゾラ？」

「あなたがランゴに無理やり、あの党に参加させたわ。ランゴは今じゃ政治活動で一角の人物になろうとしている始末、それもあなたのために。彼はあなたに褒められたいのよ。わたしと一緒のときは、彼はそんなことを気にしたことは一度もなかったわ。彼の怠惰な暮らしも別に恥だとも思ってなかった……ランゴが毎日危険にさらされているのは、あなたのせいよ」

ジューナはゾラの顔を見た。話しても、説明しても、意図を明らかにしても、どうにもならないやるせない、この同じ気持ちをランゴについても感じるのを改めて思った。ゾラもランゴも狂信者だった。

しっかり聞いてとゾラを強制するかのように、ジューナはゾラの肩を両手で揺さぶって言った。「わたしを殺しても何も変わりはしないわ、それが分からないの？　わたしたち二人はランゴの二つの顔なのよ。あなたがわたしを殺したら、穴埋めに別の女の人がわたしの場所におさまるでしょうよ。彼は自分のなかで二つに分裂している人、破壊と再生という二面性を持った人。彼が分裂した自我を持つ限り二人の女性が必要になる人よ、いつも変わることなく。このことに気がつくまで、わたしもあなたが死んだらいいのにと思った。あなたが死ねばランゴは救われるのにと、以前思ったことがあったわ。そして今、あなたはここへやって来て、彼を危険にさらしたのはわたしだと、あなたはそう考えているとはね。彼は自分から危険に飛び込んでいるのよ。彼は自分の軽薄な行動に嫌気がさしている。彼の自己分裂のせいで起こる問題が自分の目前で、わたしたち二人によって実際に見せられるのに耐えられないでいる。ばらばらの自分を纏めようとして、彼は第三の企てを試みているところというわけ。彼の気持ちを平穏に保つためには、あなたとわたしが友だちになれるのなら、彼にとっては好都合だということよ。彼はわたしたちのことなんか真剣に考えてないわ、わたしたちが心底、好意的になれるかどうかなんて。わたしたちは友だちになろうと努めもしたけれど無理だった。あなたは自己中心的な人だった。あなたとわたしは両極端な性格。わたしはあなたが嫌い、あなたもわたしが嫌い。ランゴがいなかったとしても、わたしたちは決して好きにはなれなかったでしょ。ゾラ、わたしを殺傷したらあなたはその罪からランゴのいない所へ連れていかれるのよ……それにランゴはあなたに腹を立てるでしょうよ。さらに、あなたが死んだとしても、同じこと、ランゴはわたしだけのものにはならない、わたしは彼の破壊性への嗜好を満たせないのだから……」

ことば、ことば、ことば……このことばのひと言ひと言はジューナが一人の夜に、自分の気持ちに向けて幾度となく届けてきたことばだった。ここで、ゾラが理解するなどとあてにはせずに、彼女の口を突いて出てきたことばを後さき構わず激しく発した。しかし、そのことばはもどかしさが入り混じった切望と熱情をもって話されたので、その意味を脇へ置いておいても、ゾラはその嘆願と真相を語ることば遣いを汲み取った、彼女のなかの嫌悪感と強暴性を溶き流しつつ。

この二人は互いを見合う場合では、彼女らの敵愾心はいつも解消していった。悲しみに沈んだジューナの顔、声、か細い身体つきに面と向かっていると、ゾラは自分の怒りを維持できた例しは一度もなかった。そしてジューナもまた、ゾラのやつれた顔、だらりとした髪、半開きの唇を正視していると彼女への反撥心を失っていた。

彼女らの間に起こった事態が何であれ、それぞれの哀しみがあるがままに表現されて、それが二人を縛りつけてもいた。

この瞬間だった、ランゴがやっと帰ってきたのは。彼は二人の女たちを凝視すると動揺を露わにした。

「何が起こったんだ？　ジューナ、血を流しているじゃないか！」

「ゾラがわたしを殺そうとして。傷はたいしたことはないわ」

ジューナは今一度ランゴに付け加えて言って欲しかった、「ゾラは気が狂ってる」と、そうすれば、この悪夢のような恐ろしい状態は終わるだろうに。

「あなたは、わたしたちが友だちになって欲しいと言ってきた、その方があなたは楽になれるものね。わたしたちは友だちになろうとやってみたわ。でもそれは不可能だった。あなたとも一緒に築こうとしたわたしの努力は全部、ゾラが壊してしまうのだと、わたしにはそう感じられてならなかった。でも彼女はわたしがあなたを政治活動に行かせたと思い込んでいるわ……わたしたちはお互いを決して分かり合えない」

ランゴはことばを失っていた。彼はジューナの服に滲んだ血をじっと見ていた。刺し傷はそう深くはなく、肉づきのよいところを刺しているので酷いことにはならなかったと、ジューナはランゴに傷を見せて示した。

「ゾラを家へ連れて帰るよ。それからぼくはここへ戻ってくるから」

ランゴは戻ってからも黙り込んでしまっていて、打ちひしがれ頭を垂れていた。

「ゾラは気が触れた状態になるんだよ、」彼は口を開いた。「この頃ゾラは往来の人たちに危害をあたえていてね。警察が彼女を拘束して施設へ放り込むんじゃないかとぼくは冷や冷やしているんだ」

「彼女が殺めるかもしれない人が誰でも、あなたはどうでもいいのでしょ？」

「もちろん気にしているよ、ジューナ。もしゾラがあなたを殺したらぼくは一生許せない。それにしても、あなたは怒っていないなんて、当然そうする権利があるのに。あなたは寛大でいい人だ……」

「そうじゃないわ。信じてもらえないかもしれないけど。それは本当のことじゃないわ。だってわたしは何度もゾラの死を願っていたのだから、でもわたしは、そう願うだけで意気地がなかった……　わたし自身が昔ながらの古びた長いハットピンでゾラを殺す夢を、ある晩みたのよ。ゾラが使った、あのハットピンをどこからヒントを得たか、あなたお分かりになる？　わたしの見たその夢からよ、ゾラにその夢の話をわたしが前にしていたから。ゾラの方がもっと勇気を持っていたということね。もっと正直だったということ、彼女がわたしを襲ったのは」

ランゴは両手のなかに彼の頭を抱え込んだ、そして痛みが耐えきれないと言わんばかりに前へ後ろへと揺さぶった。乾いたすすり泣きが彼の胸にこみ上げた。

「ああランゴ、これ以上わたしは耐えられない。わたしが出て行くわ。そうして、あなたはゾラと平和に暮らしていって」

「あることが起こったんだ、集会で、ジューナ、あなたが前に言った事柄を思い出させることだった。あまりにも酷いことだったから、今晩は会いたくなかったほどだった。でも結局、危険な出来事がここ、このハウスボートで起こっているという直感がぼくを来させたんだ。今晩のことは本当にいつものゾラの狂気の発作よりもっと最悪だったね。それで、ぼくに起こった方のことだけど、党員たちが月一で修練会と呼んでいる集会をもっているのはあなたも知っているはず。統制の一環でね。それは充分な客観性と、親切な対処が、備わっていて公正に行われている。この集会にぼくは以前にも参加したことはあった。党員の働き振りや性格、習性などが分析される。昨日の夜は、ぼくの番が回ってきていてね。集まった男たちは円くなって座っていた。ぼくが毎日顔を合わせる連中だった、肉屋、郵便配達人、八百屋、靴屋、ぼくと同じ通りで生活をしてる。ぼくらの管轄地域の頭はバスの運転手だった。最初はね、あなたも覚えていると思うけど、ぼくを党員に認めたがらなかった。ぼくが芸術家で、ボヘミアンで知的階層の男だというのを知っていたからね。でも、そうこうして彼らはぼくのことを気に入ってくれて……遂に党に入会させてくれた。もう今で二か月、彼らのためにぼくも一生懸命やってきた。だというのに昨日の夜……」

その場面を再現する勇気が持てないかのように彼は話すのを止めた。彼の手のなかにあるジューナの手が彼を落ち着かせた。しかし彼は頭を垂れたまま座っていた。「昨日の夜、彼らはフランス人のようにとても冷静に穏やかに話をした……党の仕事の働きかたとか、彼らはぼくについて分析をした。あなたが、かつてぼくによく話してくれたこととも同じ内容が幾つかあった。ぼくの性格に関しても検討した。彼らは洗いざらい何もかも、良いところも悪いところもすべて分析した。怠惰、無秩序、規律の無さ、党より個人生活の優先、カフェで過ごす夜、節度を欠いた話し方、無責任といったところだけじゃなくて、ぼくの能力についても彼らは話に出した。でも、もっと最悪なこと、つまり自分自身を自分で破壊してしまう点も彼らは指摘した……他の仲間に与えるぼくの影響力と雄弁さ、ぼくの熱心さと情熱、ぼくの周りに伝染していきやすい熱意と活力、仲間たちの気持ちを捕らえる印象を与える天性の才、ぼくを信用し党首に選びたいと傾倒させている事実なども、彼らは話した。本当にあらゆることすべて。ぼくの運命論も彼らは知っていた。あなたが僕に気づかせてくれたことと同じで、ぼくの性格で変わりつつあるところについても。ゾラを精神病者用の施設に移すべきだとさえ彼らは仄めかした。彼女の行動を彼らは把握しているからなんだ」

ずっと頭を垂れたまま彼は話を続けた。

「こういうことをあなたがやさしくぼくに話してくれたときには、ぼくは傷ついたりしなかった。あなたとぼくの間での内緒ごとだったたし、ぼくはあなたにちょっと脹《ふく》れっ面になってみたり、あなたに反論したりできたよね。だけど、ぼくの仲間みんなの面前で話されたら、それは事実どおりの事柄であったたし、さらに最悪なことに思えたんだ。あなたがこの何年もの間に尽くしてくれた愛や献身をしてもぼくは変われなかったのだから、党のために変わろうなんて思わない……あなたが手を差し伸べてくれたことを受け入れて、最大限に変わることを誰もが成し遂げただろうね……ぼく以外の誰もがね」

ハウスボートの航行はどこへも辿り着かない、絶望の港に碇泊したままだった。

ランゴは身体を伸ばして言った。「ぼくは疲れ果てた……もう疲れた、もう疲れ果てた……」そう言うなり彼は眠ってしまった、両方の握りこぶしにぎゅっと強く力を入れて、両腕は頭の上に挙げたまま、大きな子どものような格好をして。

ジューナは正面の船室へ静かに歩いて行った。牢獄の窓のような格子付きの小さな舷窓から、改めて外を見た。上体を曲げて、白かびがはびこった床にかがんだ。それから船底の板の一枚を剥ぎ取った。どこへ航行するあてもない、このノアの箱舟を沈めるための大洪水を招き入れるために。

板は年季が入って大層古く半ば腐っていたので、前に継ぎ接《は》ぎした板をジューナは難なく引きはがした。ただ、彼女の手が届かない外側に何層にも付着したフジツボや波状に寄せられた海藻が水の流入を一部妨げていた。

彼女は床にしつらえたベッドに戻ってランゴの傍らに横たわった、じっと死を待つために。

この川は海へ向かって大きく曲がりくねって流れているのを知っていたから、ランゴと二人が妨げられることなしに漂い大海原へ辿り着くだろうかと思った。

水面に浮く自分たちの下に、海は広がる。人間たちは海水の僅かひと雫を血管に通す。しかしある人間たちは知覚を超える深みに沈み、するとその雫は大波となって、追憶の潮は流れ刺激された感覚は引き波となる……

内面都市の下を百花繚乱のイメージを運んでいく幾多の川が流れていた……

川面に浮かぶ光輪のなかに髪の毛を広げた、すべての女性たちは、インドの偶像神のように複数の腕を伸ばした。彼女たちの真髄は男性たちの蛇行する夢々の内にも外にもしみ込ませていた……

ジューナは羊膜で囲まれた湖に咲く睡蓮のように顔を真上にあげて横たわっていた。僣《せん》称《しょう》し続けて成熟したまま王位に就けない、スペインの亡きインファンタ［一三世紀ごろスペイン・ポルトガルの国王の娘に与えられる称号］のためのパバーヌ［十六世紀のスペインを起源とするフランス宮廷舞踏曲］を奏でる、手回しオルガンの音色に添って漂い浮くように……

ランゴはというと、太鼓が破裂するように鳴り響き、カーニバルの化粧で飾られた馬がどれもポルカを踏み鳴らしていたところにいて……

彼女は二人の人生を何度も何度も考えてみた。ごく普通で割り切れるものではなく、絶えず状況が変わり摑みどころのない一つの真実を見つけるに至るまで考えようとした。ともかく、水面下からそれをはっきりと見つけたのだ。そこはずっと彼女の慣れ親しんだ居場所だったし、彼女から流れ出し彼女とともに大海へ流れ行く幾多の川と同じように生きてきた、すべての女性たちがいるところ……

この海水のカーテンを通すことで、彼女にはすべての女性たちが本物よりも大きな役者たちのように見えた、死に焦点が当てられた不活発化する心にとって、より明らかに見て取れた。ぼやけた演技の推移も無ければ、遣り損ないの演劇キューも無い舞台だった……

今ジューナには、不明確な関係に立ち込める霧を抜けることで、彼女を絶望に追いやった人たちの顔という顔の上に死という強烈なライトがあてられると、この人たちと同じ顔が温和な道化者の顔に見えた。ゾラは滑稽なほど、けばけばしく飾りつけた衣装に身を包みランゴの特大でぶかぶかの靴下を履いて、染め付けたキモノを羽織り、首を絞めつけるほどきつくぼろ切れを纏い、紋章が外れたブローチをつけていた。他の者たちが罪の意識に目覚める一つの喜劇か……

……この舞台上で、死に向かってセーヌ河を浮き流れて行く何人もの俳優たちが川に沿って漂い流されて行った、そして愛はもはや罠ではないように見えた……罠は成長過程のひと休止、拘束された自己がその粘り強さと強迫観念から成る自分で張り巡らせた巣に自ら捕まったのだ……

……人は成長する、水のなかで藻がより長くより太く成長して自分の重みで別の流れに運ばれていくのと同じように……

……わたしは成長するのが怖かった、別なところへ移動するのも怖かった。ランゴ、あなたの苦悩の真直中であなたを見捨てるのは恥ずべきことだと思った。でも今、わたしには分かる、あなたの選択はあなた自身のものであると。わたしの選択がわたし自身のものであったように……

……固着は死……死は固着……

……成り行き任せのこの船、絨毯やカーテンも自己欺瞞もまったく持ち合わせていない、航海を明日へ向かって続けていける……

……わたしに今見えるのは広漠たる世界、それにわたしが未だ行ったことがない所やわたしが未だ達成していない務めのいろいろ、そして過ぎ去った日々の哀しみを積んだ稀有な船荷の使いみちはすべて変容の時期を迎えて熟している……

……死の使者は、あらゆる冒険者と同じように、人生の浮き沈みや変化する過程に向けてあなたの心臓を加速する……

……ジューナは夜、あらゆる女性たちのうちの一人になるために流れ行きつくと、個人、一人一人が誰であったか分からなくなってしまった。でも深く、もっと深く沈んで行ったなら、サビーナという女性からは、笑いを伴いながら身体を重ねて愛し合うことを学び、ステラという女性からは、子供たちがほんのちょっとした励ましで生き返ったように元気になるように、心的な打撃に少しの間死んでしまっても、なんの、また起き上がって再生する術を学んだ……

……水中で始めから終わりまで、ジューナは旅を完泳しようと思った、生命誕生の起源から流れるという誕生へと……

……自分自身より大きな身体へと流れ行って従来の自分の身体を捨ててしまいたかった、あたかも生命誕生のはじまりに立ち返るように。そして新たに開花する多くの様々な人生へと立ち戻るように……

……ジューナとともに、彼女の幼少の頃の壊れた人形も浮き流れて行った。大きいのが欲しいとせがんだのより小さいイースター祭の卵も一緒に、作りばなしの残骸も共に浮き流れて行った……

……無意識の領域を流れる水の上にある生活に戻りたいと思った。そして長い間、大洪水の本当の原因であり続けた拡大された哀しみを、今また見てみたいと思った……

……彼女が未だに行ったこともない国がたくさんあった……

……このイメージは彼女が浮き流れているのを暫し止めさせた……

……彼女がまだ遭遇していない愛があるに違いなかった……

……ハウスボートが絶望の水流に乗って速やかに移動していくと、助けてもらえると期待してジューナのノアの箱舟を待っていた人たちが、やるせない悲しみに両手を振りかざして呼んでいる姿を彼女は目にした……

……彼女は一人よがりの自己的な航海をしていたのか……

……このハウスボートを霊安室以外の目的にしようとしていたのに……

……争いが起こっていた……

……不安からくる動揺や混乱が大きくなればなるほど、信念が守られた繭は隠れ家の象徴となり、その個人が完璧に保護された世界を維持しようとする彼女の努力は、より大きなものとなってきたのだ……

……夜明けの緞帳《どんちょう》がひと気の無い川に上がるだろう

……脱党者二名の上に……

……死が切迫した危険の真直中で、わたしたちが将来に対峙する悲しみの下稽古をしたり過去に経験した悲しみを記憶のなかで再生したりする、自己という中間地点の領域をジューナは摑み捉えていた……

……この高揚した舞台では、二人の人生にあるがままの色彩がはっきりと見てとれた。

なぜなら、最も不条理な口実、過ちの内密な告白を歪めてしまう目撃者は一人もいなかったからだ……

……最後の役回りにジューナは、見せかけの花道、照明の投影のなかに一時停止した存在、ペテンな演技に対して免疫ができるようになっていた……

……そして彼女は見た。見え透いた茶番のようでいて、彼女に向かって途轍もなく現実味を帯びて現れたものを……

……死という舞台の上で、誇張した考え方は絶望の原因である……

……わたしが子どもだった頃、赤く塗られたイースター祭の卵が並外れに大きければいいなと思っていた。もし今、それがわたしの作り話よりずっと小さい、普通の卵のサイズで流れてきたら、縮んでしまったと笑えるだろう……

……わたしは死を選択した。なぜなら、この萎縮、しりごみ、萎れていくのをわたしは恥じたからだ。人が作る壮大な虚構を、経過する時間が衰えさせるのをわたしは恥じたからだ。時間の経過は川の流れのように計画の挫折や裏切られた約束の数々を色褪せたものにし、時間と川の流れは巨人のような心の悪夢というゾラの顔を鈍らせた。そしてまた、時間と川の流れはランゴの荒れた声を浴びるわたしの心の動揺を和らげた……

……手回しオルガン弾きはいつだって調べを奏でるだろう、でもいろいろな別れの悲愴な伴奏に限られているわけでもなさそうだ……

……手回しオルガン弾きはいつだって調べを奏でるだろう、でも気持ちが変わればイメージも様々に変わるだろう。ランゴのしぐさもさほど暴力的ではなくなるかもしれない。そして新しい愛のための心を豊かに実らせるために、いろいろな悲しみは落葉のように散り落ちていくだろう……

……手回しオルガン弾きは行商人の呼び込みに合わせて、お楽しみを煽る華やかなアラベスクに調子をあげるだろう、「ミモザ！　ミモザはいかが！」という売り込みには、グリーグ［エドワード・グリーグ、一八四三―一九〇七、ノルウェーの作曲家・ピアニスト］の『愛しい人よ、おやすみなさい』の曲を。

……「包丁！　包丁研ぎはどうだい！」という売り込みにはプッチーニ［ジロコモ・プッチーニ、一八五八―一九二四］の『蝶々夫人』［一九〇四年作の長崎が舞台のオペラ］の曲を。

……「じゃがいも、じゃがいもはいかが！」という売り込みにはラベル［モーリス・ラベル、一八七五―一九三七、フランス印象派の作曲家］の『ボレロ』［一九二八年パリで初演のバレエ曲］の曲を。

……「酒、ビン入りの酒はどうだい！」という売り込みには『トリスタンとイゾルデ』の曲を。

彼女は笑った。

……明日この街は新たな災害に激動するだろう。新聞売りはヒステリックな高い声をあげるだろうし群衆は寄り集まって情報をあれこれ話し合うだろう。汽車は臆病者を乗せて運んで行くだろう……

……臆病者……

……川を浮き流れて行く……

……ひたむきな愛を育む住み処だけではなく、信念を守るための避難所としてあり続けたハウスボートも川に浮きながら……

……彼女は一つの信念を沈めていた……

……不滅の価値観を船荷に積んだ浮き流れる王国を固定化する代わりとして……

（「一個人の完全な世界は」ランゴは言った、「現実、戦争、革命らに破壊される」）

「ランゴ、起きて、起きて、眼を覚まして、水が入ってきているわ！」

彼が目覚めていくのには時間がかかった。偉大さや壮大さを映す彼の夢々は国王の装いのように彼の身体に重く伸《の》し掛かっていた。しかし夜明けに向かって見せた彼の顔つきは無邪気な表情だった、新しい一日の始まりに誰しも純真な気持ちを示したように。大の大人の身体のなかにある陽気な気まぐれを宿している子ども、以前は見まいと避けたランゴの別な一面を、ジューナは確かに見て取った。

長い間、それは一つのゲーム、駆引きだった。「ジューナ、あなたはそこに立って、ぼくが救済者、王になっているぼくを見るんだ。ぼくが合図を送ったら、あなたはぼくを敬い褒めるようになるんだ。いいね」彼女は今なら笑い飛ばして言っただろう。「でも本当は、あなたは分かっているでしょ、わたしはギターを奏でる浮浪者の方が好きだということを」

彼がゾラの狂気を認めるのを避けても、今のジューナなら笑えただろう。なぜなら、彼の狂気、彼のなりすまし、彼の作り事、彼の妄想やらをわたしが見て見ぬふりをするのと同じことだから……

死と向き合うと、ハウスボートはずっと小さくなった。ランゴもあんなに伸し掛かるように現れなかったし、ゾラも縮みこんでしまった……

死と向き合うと、ランゴとゾラがゲームを演じていたのが分かってきた。ゾラは、ばかばかしいほど悲劇の装飾、着飾りすぎた服装をした。汚れて未成熟で混乱しているいでたち。

子どもたちが消防車のサイレンに沸き立つように悲劇的結末を暗示する赤紫色に嬉々とするゾラ。ランゴとゾラに賢明な態度や動じない精神力が欠如していることがジューナを悩ませたときには、彼女は彼ら二人と同じやり方、考え方に成り下がり、さらに厄介な事柄を加えることで仕返しをした。ジューナは前にランゴにこう言ったことがあった、彼女の老いた父親の健康のために南フランスへ引っ越せねばならなくなったので、別れなくてはならないと。自分たちではどうすることもできないので困惑して、ジューナはそうするしかないのだろうと信じ込んだ。ランゴとゾラは避けられない出来事に対して、ただ頭を垂れてくじけてしまうのに慣れっこになっていたからだ。ランゴはびっくりして事の次第に嘆き苦しんだ。毒の隠し味を混ぜないようにはせずに、ゾラはランゴに言った。「遅かれ早かれ、こうならざるを得なかったでしょうね……ジューナはあなたから去っていくわ」

そうしてジューナはゾラに会いに行った。ゾラはぎこちなく難儀な様子で小ぶりで弛んだ両手を動かしながら、どうすることもできない困惑したような顔つきで立っていた。とはいえジューナはよく知っていた、ゾラは弱みを利用する術をよくよく習得していたから、ゾラが三人の中で一番強みを握っていた。南フランスへ移る話があがったあの日は、ランゴはとうとう何一つ口に入らなかったのだとゾラはジューナに話した。彼は部屋を行ったり来たり歩き回っているだけだった。その上、彼はゾラに対して随分辛くあたった。彼はゾラに言った。「もしジューナが南フランスに行ってしまったら、あなたをあなたの親戚の人たちのもとへ送り出すからね」

「わたし一人で？　それであなたはどうするの？」

「えっ、ぼく？」　肩をすくめて彼は言っただけだった。ゾラが付け足した。「あなたは自分の命を殺めるつもりでしょ」

ここまでくると、さすがにジューナがあえて仕掛けた駆引きに充分満足した。ジューナは再び熟慮した賢明な考えに戻れると感じた。ここ一週間の心身ともに受けた苦痛の後で、舞台は大恋愛の場面に山場をむかえていた。今のジューナには理解ができた。ランゴのもとをジューナが去ったとしてもランゴはゾラとの仲で気がすむことはないということが。ジューナが必ずはっきりしておきたかったことはそれだけだった。おそらくジューナは、あの二人よりそんなに賢くなかったのかもしれない……おそらく彼女自身は愛というものをそこまで信じていなかった……おそらく彼女のなかに、保護を必要とするゾラという一人と、新たな自信への元気づけを必要とする酷く不安なランゴという一人が存在していたのではないか。そしておそらく、だからこそジューナはランゴとゾラを愛おしいと感じたのだ。そしておそらく、ジューナは彼女の直感的理解と洞察を伴えるときには確かに二人に対して愛情を示したように、ジューナの愛を信用したゾラは間違っていなかったのではないか……

死に面と向かって、ランゴはそんなに乱暴にも見えなかったし、ゾラはそこまで暴虐的でもなく、ジューナはそんなに賢明でもなく見えた。さらに、ゾラがどこかの玄関先のごみから拾ってきた彼女には大きすぎるめがねをかけて、ずり下がったレンズの縁からジューナを見ていた、あのゾラは、子どもたちが親たちの大きなめがねをかけて眉をひそめて凝視する様子に似ていた。大人という王位を僭称する子どもたちのように見えた……

「ランゴ、起きて 起きて 起きて 起きて 起きて、船底から水が入ってきている！」

ランゴは目を開けると飛び起きた。「ああ、昨日は水の汲み出しを忘れていたよ」

目覚めていきながら、ランゴのもう一つ別な顔、びっくり仰天してしまうあどけない純真な顔が続いて現れてくる。災難にあった苦悩をまったく疑う余地のない、この表情は子供たちや思春期の若者たちに共通していて、現実を脅かすような大げさに思い浮かべる感覚をさらけ出してしまう。この現実をまったくの絶望だと考えるのは子供たちや思春期の若者たちだけだ。あらゆる傷は致命傷で治療できないと信じているかのように、ありとあらゆる瞬間は最後なのだと言わんばかりに、死と危険が計り知れないほど巨大なものとなって伸し掛かり迫りくるのだ。今宵、ジューナの心のなかでも死と危険がぬうっと現れたように……

ランゴが凄い勢いで水の侵入をくい止めて船底を修理した後、二人は川岸へ出た。もう間もなく夜が明けるころで、川面が静かなうちにと漁師たちは既に漁の仕事についていた。漁師の一人が稀なものを釣り上げたので、笑いながら高く掲げてジューナに見せた。

それは人形だった。

夜の間に川に身を投げた女の人形だった。その顔の目鼻立ちすべては水に洗いながされていた。人形の女の髪の毛が、その顔の周りを囲んだ後光を背に水晶のようにきらきらと輝いていた。

ノアの箱舟は大洪水を生き抜いた。

［冒頭の献辞に記された、クレメント・スタッフは、一九四五年以降ニューヨークにて、ニンが分析を受けていた精神分析医である。訳者］

訳者あとがき

本書は *Anaïs Nin, The Four-Chambered Heart* (Duell, Sloan and Pearce, 1950) 初版本の全訳である。また挿絵の銅版画は一九五九年版 (The Swallow Press, 1959) のものを使用している。

アナイス・ニン（一九〇三—七七）はフランス出身のアメリカの女性作家である。十一歳の時、著名なピアニストであった父の出奔後、母と弟達とともに移民としてニューヨークに渡った。家族を見捨てた父への手紙として始まった日記は終生継続され、ガンサー・ストゥールマンのみならずニン自身が編集した日記が七巻の『アナイス・ニンの日記』である。ニンの没後も少女時代や無削除版の日記が出版されている。

ニンは一九三〇年代をパリに住んで創作を始めた。ガートルド・スタインのサロンでへミングウェイなどが集まった「失われた世代」の最終時期に属するモダニスト作家である。一九三二年に出版した最初の作品が『私のD・H・ロレンス論』であるニンは、詩人としてのロレンスが描き出す詩人の洞察と詩情に影響を受け、ニン自らの文学論『未来の小説』で説明している「詩的小説」という技法に結実した。詩人が持つ鋭敏な感受性を根幹とした比喩表現などに織りなされた独自の文体を編み出した。詩と散文を融合させる手法を駆使し、シュルレアリズム的な心象で描写するなど実験的な表象を研磨した。

一九三三年以降数年にわたり、ニンはフロイトの弟子であったオットー・ランクに精神分析を受け、生涯を通して精神分析の探究を続けた。実体験を作品に昇華しつつ、精神分析の手法で客観視し、己のトラウマや人間関係の課題を自ら解き明かしていく過程を創作に構築した。

第二次世界大戦勃発とともにニューヨークに戻ったニンは、一九四四年にアメリカの著名な批評家、エドモンド・ウイルソンがニンの短編集『ガラスの鐘の下で』への賛辞を『ニューヨーカー』に載せたことにより、文壇にデビューした。

一九六六年には『アナイス・ニンの日記　第一巻一九三一―三四』が出版され、アメリカにおけるフェミニズム隆盛の時期と相まってニンは名声を得た。自己を直視して自分探しを続ける女性や象徴的母性などを描く日記にも、一九三〇年代から取りくんでいる精神分析的アプローチが顕著である。女性と性の問題への女性による模索もアメリカにおける女性解放運動と呼応した。

アメリカ全土で講演をして回り、一九七四年にはアイビー・リーグの一校、ダートマス大学から名誉博士号を授与された。一九七七年、闘病の末に癌で他界した。ニンの伝記は三冊出版されており、その内一冊は、サミュエル・ベケットの伝記を書いた伝記作家、デアドレ・ベアーによる。無削除版日記は最終の第八巻（一九六六―七七）が刊行に向け現在も進行中である。

本書、『四分室のある心臓』を含む小説五作品を纏めて、ニンは『内面の都市』（*Cities of the Interior*）と題して一九五九年に出版している。一九七四年には再度、同題で大河小説（*roman-fleuve*）とする構成にして出版を重ねている。同名の登場人物はみられるが、各小説の物語は独立しており一作品ずつ個別に読むことができる。それらの小説は、『炎へのはしご』*Ladders to Fire*（一九四六）『信天翁の子供たち』*Children of the Albatross*（一九四七）『四分室のある心臓』*The Four-Chambered Heart*（一九五〇）『愛の家のスパイ』*A Spy in the House of Love*（一九五四）『ミノタウロスの誘惑』*Seduction of the Minotaur*（一九六一、『太陽の帆船』*Solar Barque*（一九五八）に加筆された作品）である。一九六六年を皮切りに数名の翻訳者によって紹介されてきたが、本書をもって小説全五作品の邦訳が揃う。

『四分室のある心臓』という小説は、老いた父の介護生活から解放されたい主人公ジューナと病身の妻との貧困を負うランゴが、日中の日常から夜間の非日常を享受する逢瀬の場所として選んだ河船を中心に描かれる。しかし、ランゴをジプシーのギター奏者、自由人と当初思い込んだジューナと、彼女に病む妻ゾラの友人になってほしいと頼むランゴと、二人の見当違いから結果的に生じた三角関係が、ハウスボートを愛の隠れ家からほど遠い様相へと変容させていく物語である。

ランゴはゴンザロ・モレ（Gonzalo More　一八九七—一九五九）ペルーの政治活動家、

ゾラはゴンザロの妻エルバ・ウアラ（Helba Huara　一九〇〇―八六）ペルー人のダンサーという、ニンが実際に深く関わり実名で日記にも記されている人物たちが素材となっている。小説において、ニンはランゴの実は荒立つ気性や怒りっぽさや嫉妬癖に『嵐が丘』のヒースクリフのようだと、また南米グアテマラ育ちのインディゴの身体をして、シェイクスピアの『オセロ』のムーア人オセロにたとえ、ジューナをその妻デスデモーナのようであると描く。ジューナはアナイス・ニン自身がモデルであり、『内面都市』に纏められた他の小説にも同名で現れる登場人物である。

『四分室のある心臓』は、一九三〇年代のパリ、セーヌ河に碇泊するハウスボート、住居型屋形船を舞台に展開する。このセッティングの発想はニン自らが、ハウスボートに住んでいた経験に基づいている。ニン自らが、この住居型屋形船に住むようになったきっかけの源は、水上ではなく地上に置かれた小型船との出会いに遡る。その経緯は、日記及び無削除版日記と『未来の小説』に記されている。一九三六年八月（『日記　第二巻』）、ニンはフランス北西部、ノルマンディー海岸の町、エトルタのモーパッサンが住んだ家に滞在した。かつて嵐が到来した際に釣船が邸宅の庭に陸揚げされた以後、そこに置かれたままになっていた釣船に大層感銘したニンは、その晩、夢を見たという。その船に乗ったニンは川旅に出た。二十年もの間、夫、友人たちが止まるように岸から呼び続けるも、その航行を続けたという夢だ。この体験からニンは航行していない舟の中で暮らしてみたいという願望を強く持つようになった。

そして、パリに戻ったニンは、早速セーヌ河畔のハウスボートについて自ら情報収集に行動を起こしている。チュイルリー宮殿公園近くを中心に絞って探すなか、ナネット号(Nenette)という鮮やかな真紅色で、置かれた鉢植えや洗濯物が郊外の庭先へのノスタルジアを醸し出すと、このハウスボートにニンは興味を持った。所有者によると、この舟は賃貸にも売却にも出していない、まだ新しい舟ということで断念した。もっと古い平底荷船で転売になったものが良いというアドヴァイスを得て、ニンはしばらく物色を続けることになった。このナネット号という船名や船体の色が『四分室のある心臓』のハウスボートに使用されている。

同年一九三六年九月二十六日付け無削除版日記『火』によると、ゴンザロ・モレとアナイス・ニンは、借りることになったハウスボートを二人して見に行っている。このハウスボートを大層気に入ったゴンザロは、この舟を「家にあらず」という意味のNanankepichu

と呼んだ。貴族階級のインカの邸宅には細い地下通路があり秘密の庭に繋がっている、その庭のペルー語の呼び方だと話している。ニンが借りたこのハウスボートは、モーリス・サシェ(一九〇六—四五)というジャン・コクトーやヴィオレット・ルデュックと親交のあったフランスの作家所有のハウスボートだった。この年季の入った大船は昔、旅役者たちの巡回船で船内に舞台だった広間も構えていた。上演のための小劇場を備えたハウスボートの特徴は、『四分室のある心臓』でのハウスボートの船室の設定に起用されている。船体の建築仕上げや用途、歴史などが、小説のなかでは幽玄な効果を醸し出すニンの描写を通して、水上のセッティングを重厚なものにしている。

ゴンザロが付けた船名 Nanankepichu は、ニンにとってハウスボートの呼称に留まらず、作家としての自分にとっての意図も踏まえた、私室、聖なる場所、地上の楽園というシャングリラ、わたしの隠れ家という表象として使われていった。小説家を目指す作家として、まだ執筆も出版も駆け出しであった三十代半ば過ぎのニンが、希望も信念もミラージュ・蜃気楼のように消えてしまう時、実生活、失敗、挫折、限界を直視しないで、自分はこうも Nanankepichu やシャングリラを求めてしまうのか、一九三七年十月から十一月の無削除版日記『より月に近く』のなかに、逃避を示唆した Nanankepichu が少なからず見受けられる。

そして一九三八年二月にまた別のハウスボートをニンは借りている。賃貸のハウスボートの広告をカフェ、レ・モ・フロラントで見つけた。ミシェル・シモン（一八九五―一九七五）というスイスの俳優で、シェイクスピアをはじめバーナード・ショウやオスカー・ワイルドの作品を演じてきた舞台人所有のラ・ベル・オロル号（La Belle Aurore 美しい夜明け）であり、ニンは一九三九年まで別宅とした。一九三八年二月十五日付け無削除版日記『より月に近く』におけるニンの記載によれば、このハウスボートの賃貸契約などに関しての行動に夫のヒュー・ガイラーや従兄弟のエデュアルド・サンチェスをともにしている。この河舟の上半分は掘っ立て小屋になっていて、家庭的な外見を呈す舟に嬉々としている（Nanankepichu の方の河舟は、「家にあらず」という秘密の園との意味であったはずである）。セーヌ河の碇泊場所（the Pont Royal）が、Nanankepichu の河舟の隣だという、まったくの偶然にも驚きと喜びがニンの筆を闊達にしている。勿論、早速ゴンザロにも鍵を渡したとあるが、このハウスボート、ラ・ベル・オロル号は、アナイス・ニン個人のアトリエ的仕事場兼プライベートな特別な庵という、所有感覚が見受けられる。ヒューも彼自身の工房（銅版画など）として、計画していた空間がこの舟に似ているので、羨ましいと言う夫の感想をアナイスが嬉しく思う様が記されている。ヘンリー・ミラーやジャン・カルテットなどのニンの芸術家仲間らも立ち寄り、ほのぼのとする進水式さながらのささやかながらの祝賀ムードは微笑ましい記述でさえある。La Belle Aurore まさに美しい夜明けという船名が相応しい。

『アナイス・ニンの日記　第二巻　一九三四―一九三九』においては、このラ・ベル・オロル号とニンとの出会いと調達に関する記載箇所が、一九三六年九月となっている。また、このハウスボートをゴンザロが Nanankepichu と呼んだ、とも記されている。前述したデアドレ・ベアーが、ニンの伝記のなかで、これら二隻の舟の併合は、『日記』の編集上の結果であると説明している。確かに、ヒューもサンチェスも彼らに関する一切の記載は出版する日記から削除されたい、という意向をニンは受け入れていた。周りに察しはついていたとしても、ゴンザロとの密会用の舟を公表することをニン自身も避けたかったのだろう。『日記』出版に際して、複数人物のプライバシーの確保という主要な所以により、必然であったニン自らによる編集作業については『未来の小説』にニンがその説明を述べている。このハウスボートに関する『アナイス・ニンの日記』における不整合性はその一例である。

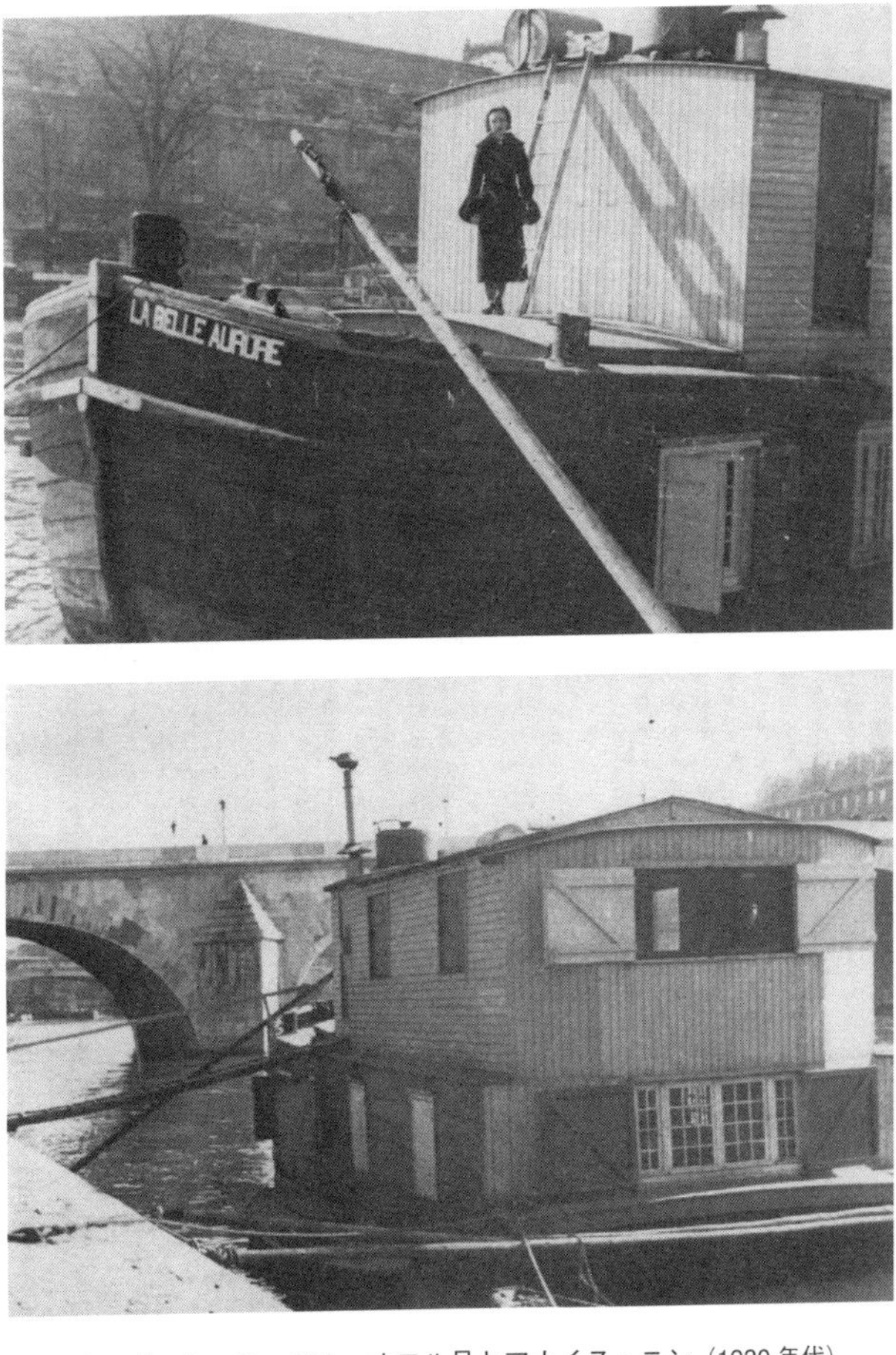

ハウスボート、ラ・ベル・オロル号とアナイス・ニン（1930年代）

A Photographic Supplement To The Diary of Anaïs Nin Stuhlmann, Gunther, ed.
A Harvest/HBJ Book
Harcourt Brace Jovanovich New York and London First Harvest edition 1974
ISBN　0-15-626024-7

以上のような極めて自伝的な背景が、『四分室のある心臓』のハウスボートには繰り広げられ、後ろ盾となって存在していたのである。Nenette号、Nanankepichu号、La Belle Aurore号の三隻の各々の特色が合わさったハウスボートが『四分室のある心臓』のなかでは、一隻のハウスボートとして描写され、この小説のユニークなセッティングを担っている。この作品中のハウスボートは列記として一隻であり、船名をナネット号としている。ただ、ジューナが経験する精神的葛藤に象徴的な意味合いを込めて、ニンは語り手に「ノアの箱舟」と呼ばせている。モーパッサンのかつての住処の庭に置き去りにされた釣舟との出会いから端を発したハウスボートは、ニンの無意識中で航行を続け、作品化されることで人生の障害を荷積みした実に適合した船名、「ノアの箱舟」を名乗りニン特有の象徴性を彷彿とさせる。ニューヨークに居を得ていた一九四〇年末に執筆をして一九五〇年に出版した、この小説、『四分室のある心臓』における河舟は、ニンが第二次世界大戦勃発の一九三九年に夫ヒュー・ガイラーと共にパリを去るまでのパリ時代における作品中、重要なモチーフの一つと言えるだろう。

ランゴとのハウスボートを拠点にした関係を継続するためには、彼の依頼、妻ゾラとも友人として関わるというのは、ある種の罠でありゲームであるとニンは物語を構築する。ランゴとゾラの夫婦生活は兄と妹のような友愛関係にとどまるもので、ジューナのような女性がいつもランゴには必要なのだと、ジューナはゾラから知らされる。ランゴとゾラ夫婦に深入りしたくない、するべきではないと分別を確かめるジューナではあるが、一方、ノーブレス・オブラージュという社会的価値観や、善良なる自己という役割への固執、そして幼少のトラウマなど、ジューナが続ける自問自答は、ハウスボートを碇泊させるセーヌ河の蛇行と水流に乗り、ジューナの迷う選択というプロットを動かしていく。三人称語り手の視点はジューナにあり、彼女の心理的葛藤は意識の流れとして、ニンの鋭い洞察の表出がこの小説を貫いていく。

『四分室のある心臓』初版本は、前作の『信天翁の子供たち』のそれと同様に、クレメント・スタッフという一九五〇年前後、ニンがニューヨークで掛かっていた精神分析医に献呈されている。ニンが一九三〇年代から著名なオットー・ランクを含め終生、精神分析医とのやり取りを継続し、自ら深い造詣があることは周知である。『四分室のある心臓』におけるランゴ、ゾラ、ジューナの三角関係に、ニンは精神分析的テーマを用いたと、『未来の小説』において述べている。

破壊的経験に悩まされる人は、その時その苦しめてくる人とむしろ「同盟」を組む無意識の作用を、小説ではランゴがゾラの心気症による執拗な残忍性に彼が同調していく要因を据えている。ニンはさらに、心理的現実を指摘して、人は困難な挑戦に上手く向き合えなくなると、別な要求に逃れようとする傾向をあげている。ランゴは南米祖国の革命運動をパリにて地下運動として加わるも、政治的規律にコミットできず、ゾラの病を言い訳にしていく。ゾラの病床を慰労するジューナの献身は、回復が達成できない仕掛けがあったことにジューナが気づくのには時間がかかっている。そして、ニンは心理的パラドックスを表示して、往々にして非理性的な人物が理性的人物よりも、人により大きな力を持つという不条理と、ゾラの憂鬱症による狂気や策略的言動がランゴとジューナを操縦していく矛盾を筋立ててしてみせる。

ランゴとゾラのみが悪者ではなく、ジューナの欠点も負のスパイラルとなり抜きさしならない三角関係に拍車をかける。実はジューナ自身の内に、解放の時を待ち再び息衝く自己が存在する、つまり彼女が否定してきた自分とは、ランゴの怠慢と無秩序と気まぐれと嫉妬心、そのものだったという皮肉をこの小説は突き付けてくる。ランゴを通して、ジューナは密かに自分らしさを取り戻すというハウスボートを介した二人の関係、ここにランゴと「同盟」を組み「共犯者」であるというジューナをニンは浮き彫りにする。ジューナの両親が要求した良い子を演じ、そうでなければ愛されないという幼少の頃の不安に、輪をかけてジューナに偽りの自己を纏わせて、彼女を苛むのは少女時代のカトリックへの懐疑心である。『四分室のある心臓』において、カトリック的用語がさまざまな品詞に駆使して織り込まれている文体は興味深い。また、ニン自身がジューナの失策の要因として、そもそもランゴにジプシー的自由への連帯を想像する甘さ、「ユートピア的非現実的ロマン主義」をドラマタイスしたと『未来の小説』で述べている。

タイトル、『四分室のある心臓』の心臓（heart）は、人間の臓器の心臓が二心房二心室から出来ていることから、四つの小部屋に分かれた人の心（heart）の内面を象徴している。常套文句とは言え、心、ハートは愛する人、恋する人への思慕を比喩する意味を表示している。ランゴもジューナも思春期という青春は過去になる歳、昔、愛した人、恋した人が今も心のなかに存在する「部屋」がある。一つ一つの「部屋」は行き交う「通路なき部屋」で、それぞれに分離した心の内面に愛する人、恋する人がいて、独立した分室は何者からも侵されないことを、ニンはジューナに言わせている。ランゴはジューナの心のなかのポールという男性へのジェラシーに破壊的行為を繰り返す。ポールとともに読んだ彼女の大事な本をランゴは燃やすことでジューナを独占できると思い込んでいる。ジューナがランゴに言いたいが言わなかったことばは、「愛情は決して自滅するものではない。愛の源に燃料をくべるすべを知らないと愛は薄らいでいく、無知と錯覚と背信によって愛は枯死する」と記されていて、ニンのアフォリズム、金言の一つになっている。

ニンの小説の特徴に詩的表現が指摘できるが、『四分室のある心臓』にも隠喩や直喩の比喩描写が顕著に見られる。この物語に存在感を示す背景であるハウスボートは、先に少し言及したが、「ノアの箱舟」とニンは称して、メタファーと同時に聖書（創世記六章―九章）の用語、前述したカトリック、キリスト教用語をぴたりと当てはめている。『未来の小説』のなかで、ニンはこの小説における「ハウスボートの詩的な概念」と記して「ノアの箱舟」を説明もしている。ランゴの革命地下運動も三角関係の諍いも含めて、様々な争いごとや、精神的葛藤、失望、病気などの「大洪水」から、航行して逃れようとする避難場所であると言う。アイロニックな指摘は、このハウスボートは大きな重い錨が川底に降ろされていてセーヌの河を動くことは不能であることだ。物語のクライマックスにゾラがハウスボートでジューナを狙った殺人未遂を図るが、この事件の発端は、ジューナがゾラを殺める夢を話したもので、このシナリオの逆を実行するゾラの方が正直なのだとジューナはランゴに打ち明ける。小説はこの後のカタストロフィーにて、ジューナが絶望の最たるなかランゴ共々、ハウスボートを「沈めようとする」行為と、意識と無意識が交錯する心理分析が大詰めとなる。死を前にジューナの内面はむしろ平静を取り戻し、マルセル・デュシャンによる絵画のイメージを引き合いに多様な自己の確認と気づきによって、生きる選択に立ち直るジューナは「ノアの箱舟」を救済のシンボルに戻して「大洪水」から浮き上がる。

『四分室のある心臓』における、人の内面意識の流れを象徴化するセーヌ河はパリ中心部、オルセー駅や美術館を河岸にしてハウスボートを碇泊させているが、ニンは古都パリの裏面を凝視した描写をこの小説に徹底した。脇役たちが、この重要な効果を表出している。彼らは、橋の下の浮浪者、通りの警官、川釣りの漁師、川に身投げする自殺者、売春婦、手回しオルガン弾き、物売りである。三角関係に喘ぐジューナ、ランゴとゾラの三役の苦悩をある種、達観する生活力に長けている面があるかもしれない。パリのセーヌは恋人たちのためのみならず、如何ほどの自殺を思い詰める人がいることかと、ニンは普遍性を透視していたろう。小説では漁師たちが、この自殺者を間一髪釣りあげて自死さえさせない場景に微笑を添える。警官も微笑んで悪態をつく片足の老船長を大目にみる、手回しオルガン奏でる『カルメン』のメロディはジプシー的恋が実のらぬジューナに哀切を届ける。そして、ラストシーンにて、網にかかった女の子の人形を川面高く上げ、笑みを浮かべてジューナに見せるのは漁師だ。水と朝日に映えて髪が後光で輝く人形の顔は目鼻立ちや何もかもが洗い流された女の子である。水に浸された人形は洗礼をも示唆して、ジューナの覚悟ある再生をニンは推奨しているのではないだろうか。

『四分室のある心臓』でのセッティングとされた、いわゆる住居型屋形河舟について、ニンは「ハウスボート」と題した短編小説においても書いており、一九四四年に出版された『ガラスの鐘の下で』に収められている。この短編集に関して同年、『ニューヨーカー』に作品の秀逸さに対して批評を記載したエドモンド・ウィルソンは、ニンの散文では、シュールレアリスム的なイメージは何かを伝達して意味を示唆していて、それは常に的確なのであると指摘している。ウィルソンのこの視座はニン自らも『未来の小説』で述べるに至っている。短編「ハウスボート」は、一人称、わたしが語る、ハウスボートでの暮らしから生まれる個人の情感と思索が社会的現実との対峙を忘れることなく面々と綴られる描写に徹した作品である。一般的な人生の道程という軌跡から逸脱しているわたしと、社会から落ちこぼれて橋の下で暮らす放浪者たちに、共通点があるとわたしは悟る。『四分室のある心臓』における脇役と同様に、パリという都市の中心地に位置するセーヌ河のたもとを徘徊する漁師、浮浪者、義足の老船長、孤児の少年などが存在感を持って描かれる。セーヌ河に碇泊するハウスボート生活という環境は、わたしに自分の脈動のみにまかせて生きることをさせてくれる。わたしは、インクと原稿用紙とキャンドルを買い込んで、この河舟で執筆をする。わたしという作家は、水と融合することで、夢と同意語である無意識の世界に没頭して創作をする。その意識の描写は、『四分室のある心臓』と同様に散文詩の文体が多種多様なメタファーを綴り上げていく。ただ「ハウスボート」において、舟はわたし独りのアトリエであり、恋の愛憎関係の隠れ家という節はない。わたしは自分の感情の底意と川の底流の秘儀とに合体することで、個人のアイデンティティに焦点が合わされた短編ならではの凝縮が見られる。こうして、覚悟のある自己の解放と自由を「喜びの島」への到達に託して願うわたしは、まさしくジューナであり、また作家アナイス・ニンといえる。

同じ短編集にもう一作、ハウスボートを舞台にした「ねずみ」という作品がある。ねずみというのは、ハウスボートで暮らすわたしが雇っている住み込みの女中である。ねずみ色のいで立ちで、何にも怯えた若い女中につけられたあだ名であるが、この隠喩が伝える意味は鋭利な表象を創っている。パリ中心部のセーヌ河でのハウスボート暮らしから隠すことができない、ホームレスの浮浪者や、田舎から出て女中として働く貧しく無学な階層の女性が主人公として描かれる。わたしが留守をした一週間に、妊娠をして自分で堕胎を試みたねずみの結末をわたしが助ける。しかし、傷痍軍人上がりの義足の医者の自己防衛や大都会の病院のたらい回しに、衰弱していくねずみを前にわたしも為す術が無い。この世間に仕掛けられた罠にかかってしまう、ねずみのような女性への寄り添いと社会批判というニンの考察は現代にも今もって通じている。ハウスボートという稀有な場面を起点として『四分室のある心臓』との読み重ねという読書もまた、ニン文学の深淵な面白みを知り得る機会となるかもしれない。

これらの小説におけるハウスボート、錨をおろして動かぬ舫船がニンを魅了したことは作品に十二分に昇華された。ニンにとって、船舶や水路となる海洋や河川に興味以上の執着があった。それは、ニンのトラウマの発端となった家族を捨てた父親との離別を物理的に決定させた媒体が船であり海が所以である。一九一四年の夏、アナイス・ニンはスペイン、バルセロナから出航したモンセラート号に乗船してアメリカ、ニューヨークのエリス島に移民として入港した。この体験は船と海に対して、むしろ哀切のイメージを感受性の高い十一歳の少女アナイスに浸透させていた。そして時が流れ、成熟した女性作家アナイス・ニンにとっては、動かぬ舫船というハウスボートは、その河船の揺れと自分の身体の動き、波や流水の音と匂いは、船と海と自分との一体感を掌握するまでに効果と威力を賞与したのではないだろうか。

短めの中編小説三編が入った小説『人工の冬』（一九四五年 スワロープレス出版）にも、

このような船と海・水のイメジャリが見られる。タイトル中編小説、「人口の冬」の冒頭シーンは、二十年ぶりに父との再会をむかえる娘が、大事にしてきたガラス鉢にはいったガラスの船とガラスの魚とともに描かれている。しかし、この父娘物語は、もはや修復不能な親子関係を象徴するごとく、炉棚に置かれていたガラスの鉢は落ちて壊れて、水は零れてガラスの船はもはや航海が出来なくなったと綴られている。テネシー・ウィリアムズの戯曲『ガラスの動物園』での、ローラのガラスの一角獣が壊れる場面を想起するような、女性の内密された自己の閉塞感と現実離れした脆いガラスの飾り物への依存心が垣間見える。また、この「人口の冬」には、本書『四分室のある心臓』でジューナが終盤、死と向き合った意識の交錯のなかで見る、二十年間の航海の場面がある。そもそもニンが一九三六年ブルターニュの滞在先の庭で見た、陸上げされた釣舟に纏わる夢が二十年間の航行である。ジューナのハウスボートが河を航行するようになり二十年止まることはない。河岸には、ジューナに救済を求める人たちが身を乗り出し手を振っているが、このノアの箱舟、ハウスボートは止まらない。「人口の冬」では、小さい頃に孤児の物語をよく作っていた娘が、庭に置かれたままの小舟が急に動き出す物語もしばしば書いたと父に話すシーンがある。やはり二十年間、止まることなく、その小舟は河で旋回を繰り返すばかりという、お話だという。おとぎ話に常套の二十年という魔法の年月を、ジューナにあっては大人の女性として、少なくとも一直線の航路をとり、自らの思い入れで借りたハウスボートにノアの箱舟としての生命への救済を掲げて、複数の自己を生きる選択に気づくことで、彼女は自ら仕掛けた死の淵から回帰している。

アナイス・ニンが実際に借りていたハウスボート、ラ・ベル・オロル号は、ルヴシエンヌの本宅以外に設けられた、作家仲間たちが行き来するサロンという一面も見られる。ハウスボートという特殊な空間に、訪れた者は魅了されている。ニンの短編「モヒカン」のモデルとされるパリ、サクレール聖堂近隣に居する文人、占星術師、詩人、コンラッド・モヒカンは、ハウスボート界隈の治安を案じて、船内のアナイスに護身用の拳銃を持ってくる。幽玄的な別世界に、この現実的なピストルは、使い方すら知らぬまま、存在感を周知させた。『四分室のある心臓』においては、ゾラがジューナを殺害しようとするシーンで、なんとも皮肉なことに身内的関係のゾラから正当防衛するためのジューナの武器として描かれている。ここでのサロンに、モヒカンは当時のマラルメやアポリネールらとも繋がる詩人たち、レオン＝ポール・フォルグやマックス・ジェイコブの詩作をニンに紹介している。またイギリスの詩人、デイビッド・ガスコインも集い、ピエール・ジャン・ジューブの小説『パウリーナ 一八八〇年』をこのサロンに持ち込み紹介して、ニンに絶大な影響を与えていった。ニンは詩的小説という創作創意の根幹に位置づける作家たち、マルセル・プルースト、D・H・ロレンス、ジューナ・バーンズに加えて、詩人であり小説家であり随筆家であるジューブを指摘している。この三〇年代後半のパリにおいて、ニンのハウスボートが作家ニンにとって、貴重な啓蒙を受けた芸術家の隠れ家となり、この舫船の魅力であったことは言うまでもない。

『四分室のある心臓』でのジューナにとって、ハウスボートがニンにとってのサロンほどではなかったにせよ、彼女を取り巻く友人たちは芸術家たちである。革命と戦争に傾倒するランゴは、芸術家たちのロマンティシズムの現実離れに批判的な見解をジューナに伝えている。ジューナがなかでも、文学と関わっていることが彼女の書籍をめぐる一件から推測できる。それは、ハウスボートの部屋の本棚にある多くの本がジューナのかつての恋人、ポールとともに読んだ本であることから、ランゴは嫉妬のあまり、その本を全部燃してしまう。ジューナの心の分室の一つに存在するポールという想い人は、こんな仕打ちで影響されはしない。しかし、ジューナに動揺が皆無とも言い切れない。ジューナのランゴへの失望のリアクションが本人というより本そのもの、小説の内容に向けられることに注目したい。ジューナの遣る瀬無さは、小説は人生の落とし穴や罠の本性を露呈しきることなく心構えさえさせてくれない、小説のことばは直接的な現実を隠しているではないか、と人間関係の危機に役に立たないと思い至る。ジューナはアナイスの分身を担い、作家アナイス・ニンの小説『四分室のある心臓』のことばは、真実と現実に対して実践的な手立てを隠すことなく示しているのだと示唆している。逆説的な言い方をして反対の方向から、小説の小説たるニンのこだわりを書き切る上手い手法である。

このポールという登場人物のモデルはウィリアム・ピンカード（William Pinckard 一九二七―八九）である。『内面の都市』における五作品の一つであり『四分室のある心臓』の前作、『信天翁の子供たち』でのポールと同一の登場人物であり、ジューナと意気投合して愛し合う若き青年として描かれている。ピンカードは裕福なアメリカ人家庭で幼少を中国で過ごしイエール大学一年の時、ウォレス・ファウリー教授のクラスで読んだニンの短編集『ガラスの鐘の下で』に感銘を受け、教授の紹介を経てアナイスと夫ヒューに会っている。四〇年代のアメリカにてニンのチルドレン、芸術家志望の若き青年たちの一人となっている。アナイスとの関係は『信天翁の子供たち』にその熱き深淵な情愛が描かれ『四分室のある心臓』ではジューナの心の分室に無くてはならない想い人として再登場している。ピンカードはカリフォルニア大学バークレー校にて仏教を修めてから、一九六五年には浮世絵や囲碁の専門書を扱う会社を日本に創設して亡くなるまで在住した。『浮世絵と囲碁文化』*Japanese Printings and the World of Go* (William Pinckard and Kitagawa Akiko, Kiseido Publishing Company 2010) が日本語、英語併記で出版されている。ニンは若きピンカードに東洋的神秘と繊細さ、海王星の光明を見て取り、若きランボーのような青年であると有望な才覚を無削除版日記『蜃気楼』に記載していたニンが、彼に一目置いていた所以が納得できる。『四分室のある心臓』のランゴがポールに狂わんばかりの嫉妬をジューナにぶつけている様は、人の心に過去を超えて息衝く人物は比較の対象ではない、行き交じることは無い分かれた部屋に個人として存在する、とニンが作品に描写するように、心の分室はまさにポールのような人物像の居場所なのだとジューナに再認識させたのではなかったか。ウィリアム・ピンカードなる人が日本をこよなく愛した人であったことも周知できたらと思う。

終生、作家同志として友情を持続させたロレンス・ダレルが一九三七年六月に、ニンの短編「誕生」の原稿を読んで絶賛し、ニンが芸術家であることに確信を強めたと書簡を送っている。ニンは返信に、その手紙でダレルがニンを、あなたは海にすむスーパーウーマンと称したことを喜んでいる。海に鑑みて自分をそう呼んでくれるダレルの指摘を的確だと言いつつ、作家として厳しい日々が継続するなか、ニンは自分が泳ぎ続けて傷ついたヒレを回復させるのに時間をかけてしまったとも書いている。また、ダレルはその後、芸術家志望の青年たちを陰日向に支援するニンを海鳥に譬えている。二メートル近い翼を持ち海洋を渡る、今は絶滅種のアルバトロス（信天翁《あほうどり》）を指して、困ってどうしようもない若者たちは助けを求めて、あなたが展げてくれる大羽の下に潜り込む、あなたはその海鳥の最長の翼を持っているに違いないと。さらに本書、『四分室のある心臓』においては、ハウスボートでのジューナとの逢瀬は、ランゴにジューナが本当の人魚《マーメード》のように海底に誘ってくれると言わせている。ジューナは、自分は人魚に違いないと同感を表して、海の深みを怖いとは思わないが、浅い表面的な生き方が何より怖ろしいと答える場面がある。アナイス・ニンにとって大海原や河川の深淵な水中のメタファーは、人の心の内面奥にある精神、サイキにある自分を探りつつ深く生きたいという選択を指している。周りとの関係から自分以外の役割を演じることに流されるほど危ない罠はない、この自己と分身、そして他者のなかに投影された自分の分身、ニンの小説や日記が究めるテーマの神髄と言えるだろう。

『四分室のある心臓』という小説が翻訳を通して、人の心の内のそれぞれに分かれた小部屋に情愛とその哀切を住まわせて、人間関係が齎す大洪水級の障害を凌ぎ、生きる鼓動の源が読者の心に漲流する作品となることを願っている。

今度は、本書の帯文に寄せて、詩人の松尾真由美さんが寸評を書いてくださいました。近年、松尾さんは翻訳されたニンの短編小説を中心に、それらの作品から散文詩を創作して『イリプス』に連載されています。ニンは小説というジャンルに、詩人の霊的な先知といった、現実と人間的な個人性を表現する視座が不可欠だと言う作家ですから、それ故に、小説『四分室のある心臓』に詩人によることばを添えていただき光栄です。

日本の大学、大学院、生涯学習の授業において、一九七〇年代初頭から一九九〇年代末まで、アナイス・ニンの作品を採用し教鞭をとってこられた、現在アメリカ在住のキャサリン・ヴリーランド（ブロデリック）先生にこの機に際して、改めて敬服の念を捧げます。『アナイス・ニン コレクション』から始まり、ニンの翻訳出版に、長きにわたり御協力いただいている鳥影社の百瀬精一氏に、今回も大変お世話になりました。そして、本書がアナイス・ニン生誕百二十周年を記念すべく、二月二十一日という作家の誕生日に因んで刊行と成りました。ここに深く感謝申し上げます。

二〇二三年　春　　東京にて

山本豊子

〈著者紹介〉
アナイス・ニン（Anaïs Nin）

©The Anaïs Nin Trust

1903年、フランスはヌイイ・シュル・セーヌで生まれ、1977年、闘病の末、癌でロサンゼルスにて生涯を終える。11歳の年に母親と弟たちとともにアメリカに移住した。1930年代初頭に夫の転勤に伴いパリに居住し、作家活動を始める。40年から50年代のアメリカにて小説を発表し続け、60年代半ばに日記の出版で名声を得る。74年にダートマス大学より名誉博士号を授与される。日本へは小説『愛の家のスパイ』が河出朋久によって紹介され、66年来日に際し大江健三郎、江藤淳らとの会談が『文藝』に記録されている。89年に実弟ホアキン・ニン・クルメル、カリフォルニア州立大学バークレー校音楽学部名誉教授は来日して、関西の大学での講演やピアノ演奏会を果たす。

〈訳者紹介〉
山本豊子（やまもと　とよこ）
西宮市に生まれる。1977 年神戸女学院大学英米文学科卒業。1984 年東京女子大学大学院文学部修士課程修了。2003 年 Boston College 大学院英米文学 MA 取得。東京女子大学、東洋英和女学院大学非常勤講師。
共著：『アメリカ文学における家族』（山口書店）、*Anaïs Nin Literary Perspectives* (Macmillan Press)、『［作家ガイド］アナイス・ニン』（彩流社）　訳書：アナイス・ニン『心やさしき男性を讃えて』（鳥影社）、アナイス・ニン『信天翁の子供たち』（水声社）、共編訳：『アナイス・ニンとの対話 インタビュー集』（鳥影社）

四分室のある心臓

乱丁・落丁はお取り替えします。

2023年4月22日初版第1刷発行
著　者　アナイス・ニン（Anaïs Nin）
訳　者　山本豊子
発行者　百瀬精一
発行所　鳥影社 (choeisha.com)
〒160-0023 東京都新宿区西新宿3-5-12トーカン新宿7F
電話 03-5948-6470, FAX 0120-586-771
〒392-0012 長野県諏訪市四賀229-1（本社・編集室）
電話 0266-53-2903, FAX 0266-58-6771
印刷・製本　　モリモト印刷

ISBN978-4-86782-001-8 C0098